暗夜《あんや》にぞ輝けり

暗黒星奇譚

壱岐津礼
Ikidu Rai

アトリエサード

目次

暗夜にぞ輝けり
暗黒星奇譚

第一章　鳥啼く夜に

（一）

　ある時。そう、人類と称する生物が現代と呼ぶ時代に、地球は軽く身震いをした。

　惑星自身にとっては小さな身動《みじろ》ぎであったとしても、表層への影響は些細では済まされない。たとえば、太平洋、またはパシフィック・オーシャン、様々な国の様々な言葉でそれを示す名で呼ばれた海の真ん中に突如、大陸と呼んで差し支えない規模の陸地が浮上した。

　引き換えに大海を囲む沿岸部は、そこに栄えた文明ごと水没し、あるいは完全な水没といかぬまでも海に向かって崩落した。かつて点在していた島々は、ほぼ砕け、潮水《しおみず》の下に没した。破壊は沿岸部にとどまらず、内陸、さらには反対側の大洋に面した陸の縁まで程度の大から小へ、多少の不規則を雑《まじ》えながら概ねグラデーションをなして到達した。陸上に生活するものたちの混乱も、また、これに準じた。

　未知の大陸の浮上の原因、そこで起きた事象はさておく。

　元より在った大陸の東岸の側、それはすなわちパシフィック・オーシャンの反対側なのだが、その海辺から内陸に踏み入りミスカトニックと名付けられた川を遡上《そじょう》する道すがらに臨まれる、山頂に立つ環状列石《ストーン・サークル》は長い揺れに持ちこたえ倒れなかった。揺れの鎮《しず》まった後も幾度《いくたび》もの日没と日の出を迎えた。月の出と月の入りを過ごした。周囲の山肌を覆う木々も絶え、灌木《かんぼく》も絶え、他所では侵略を恣《ほしいまま》にしている雑草すらも何故か手出しを躊躇《ためら》う剥き出しの斜面に、並び立つ石は落とした影を伸ばしては縮めた。日の下では静かに。月の下では夜鳥のけたたましい鳴き声に囲まれながら。

日の出、月の出を十も数えた頃だろうか。黄昏、小さな影が山頂に増えた。石柱ではない。意思持ち動く。訪問者だ。

訪問者は見た目には人類の一員だ。男性と見えた。人類の基準においてすらりと伸びた体躯は細身ではあるが薄くはない。人類の基準において、若い個体と見えた。まだ肌寒い日もあるというのにシャツの袖は短かった。胸にはこってりと派手な色で俗な絵柄がプリントされている。ボトムはジーンズ、足にはラフなスニーカー。そのくせ露出した浅黒い肌にタトゥーの一つも無く、彫りの深い顔立ちは品よく整っていた。低俗な身なりにもかかわらず育ちは良いように伺えた。うなじの上でくるりまとめられた長い黒髪に挿された棒状の飾り物が、品に添い、衣服を裏切り、荒れた風景からも逸脱していた。このロケーションにそぐわない。どこかの邸宅の庭先から、あるいは賑わう街路の日常から、誤ってふらり迷い込んだ風情だ。表情に迷いは無かった。

立ち並ぶ石柱の列を一渡り見回し、男は少し首を傾けた。少し、唇の端を歪めた。笑みの形に。彼を見る者が鳴き喚《わめ》く鳥でなく人であったならば、笑みの角度に皮肉の色を見てとったかもしれない。

男が環状列石を見回すうちに陽光は角度を変えた。何かの皮肉に思いを馳せて微笑むうちにも空は色を変えた。陽は遠く西の山並みの彼方に去った。名残りの光も褪《あ》せた。少し下った繁みに棲まう鳥はいよいよ騒がしく鳴き交わしている。

と、笑みを消して唇は、一紡ぎの言葉を発した。

「エリ・エリ・レマ・サバクタニ」

夜が一気に攻め寄せたかと見せて一帯に濃い陰が落ちた。

欠けた月を待つ山頂で、男は傾《かし》げた首を戻した。踵《きびす》を返し、下り坂へと歩を進めた。

環状列石の支配域を抜け、草と灌木の版図《はんと》を抜け、深い木立に呑み込まれた下り道を進めば、行く手を、星の無い夜空の産み落とした影かと見紛《みまご》う黒い塊が塞いでいた。

塊には顔があった。顔は黒褐色の蓬髪に縁取られていた。下半分は髭に覆われていた。

これも人の形をしていた。

これも男の姿をしていた。

夜道を下ってきた男よりも少し背が低い。胸板が厚い。頑健そうな身体に季節外れの暗色のロングコートを巻き付けていた。影と見紛《みまが》ったのはこのためだ。額は狭く眉は濃く鼻梁《びりょう》は高く、男らしく発達した顎は意思の強さを伺わせ、髭の下、一文字に引き結ばれた唇は薄い。薄いくせにやけに赤い唇だ。落ち窪《くぼ》んだ眼窩に宿る双眸《そうぼう》も鬼火さながら赤く燃えていた。形は人であって、尋常の人ではなかった。影と見紛う姿と裏腹に、この男は影を落とさなかった。夜とはいえ。

「上がって来てくれればよかったのに」下りてきた男は臆さず親しげに会釈《えしゃく》しつつ、声をかけた。「待っていたんだよ」

「不穏な言葉が聞こえた気がしてな」人外の男の声は重く、苛立ちの棘《とげ》を含んでいた。

「これはこれは」場違いに軽装な男は、「耳が鋭い」場違いな明るさで応えた。「ちょっと磔刑《たっけい》の丘を思い出していてね」

「不快な話を聞かせるために余を呼びつけたのか」ナイアルラトホテップ、と、男は相対した男を呼んだ。「我が旧き故地よりこの新大陸まで飛ぶのは容易ではなかったのだぞ」声音にこもる苛立ちは怒気へと相を変えつつあった。「真昼に身を隠す場も無い大海を越えるのは、陸伝いの旅とはわけが違う。身体一つの飛翔ではすまぬ。鉄の鳥に棺《ひつぎ》を運び込ませるのにどれほど苦心したか。先頃の騒動の後、飛び立たせるため望みもせぬ不味い血をいかほどに味わわねばならなかったか。危急の用と急《せ》かされればこそ急ぎ来たのだ。我が誠意を益体《やくたい》もない無駄話で報いるか」

「まあまあ、落ち着いて」両手で押し止める仕草をしながら「最後まで聞いてくれ、大事な話だ」ナイアルラトホテップは人外の男を宥《なだ》めた。

「磔刑の丘を思い出したというのも、この件にも神が関わっているからだ」別々の神だがね、と添え、「二千年以上も前のこと、彼《か》の地で君も知る神の子が、人としての生を終えた。直前に父に呼びかけて――。人としての生を終えた時点では父なる神は我が子を見捨てたかと思われた。が、三日後の復活によって、そうではなかったと証明された。一方」ピンと長い人差し指を立て、ナイアルラトホテップは下ってきた背後、山頂を指差した。「百年と少しばかり前、ここ、ダンウィッチで別の神の子が父の名を呼び助けを求めた。こちらは応えは得られなかった。子は滅び、復活も無かったわけだが」

「ヨグ＝ソトース……」

「みだりに名を口にしないで。近すぎる」

「距離など関係あるまい。あれは宇宙の何処《いずこ》であろうと出現する。いや、数多《あまた》の次元に偏在していると聞くぞ」

「門の開きやすいポイントというのがあってね。実はその門を使って、私はこの地に来たのだけれど」

「そうだ。貴様はあれと懇意《こんい》にしていると伝え聞く。これまでは余とは関わり無きものであったが、神と崇められるものはいずれにせよ好かん。余をあれと対面させんとの企みで招いたのならば、その意には従わんぞ」

「神嫌いか。私も神の一柱なんだがね」ナイアルラトホテップはため息をついた。「あまり崇められてはいないがね」それと、勘違いしないでもらいたいのだが、と次いだ。「私とあれとの関係は、君が思うような親密なものではない。実利に基づく……、ま、ギブアンドテイクだな。私はあれを主に通路として利用している。単純に長距離を瞬時に移動するだけのことなら自力で充分なのだが、あれの便利なところは、複数の場所、複数の異なる次元に同時にこの身を顕現《けんげん》させることができる点でね。こう見えて忙しいんだよ私は」

「代わりに何を差し出している」

「情報だ」

「情報ならば、貴様に頼らずとも、あれ自身の力で入手できるのではないか。全ての次元を見透す存在だと聞き及んでおる」

「かつては」

「今は違うと」

「あれが幾つ眼を持っているか、君は知っているか」

「今度は謎かけか。何のつもりだ」

「三つだ」ナイアルラトホテップは、今度はパッと三本の指を立てて見せた。「今は三つの眼を持っている。かつては四つだった」指を一つ立て加え「それが今は三つしかない」また折って三本に戻した。

「だから何だ。話が見えんぞ」

「一つを喪ったと言っているんだ」立てられた指は一本になった。「眼をね。四つの眼が揃っていてこそ、あれは全ての次元、全ての時空を見透すことができた。今はできない。その分を私が補ってやっているんだ。もちろん、提供するのは私にとって不都合でないものだけだがね。そして、君は、これまでは関わり無きと言ったな。無関係ではないぞ。君が今の君と成るはるか以前から因果の糸は結ばれている。やつが三つ眼になった原因、やつから一つの眼を奪ったのは君の――、君たちが属する種、不老不死の、夜に忍び歩き、時に駆け飛翔する、血に渇く者たちの祖となった男だ。神の眼を手にした恩恵により不老不死を得、神から眼を奪った呪いによって陽の下を歩く歓びを失い、永劫の血の渇きに苛《さいな》まれることとなった者だ。その者の血の恩恵と呪いを分け与えられたのが、現在の君の境遇なのだ」

「では、これは、この招請は」鬼火の双眸が怒りを発した。「やはり図ったか、貴様。意趣返しに、祖の身代わりにこの身をあやつの玩具と投げ与えようとの企みか。相手が神であろうとも、思うがままに弄ばれる余ではないぞ」

「待ちたまえ。早合点はいけない」人差し指を立てた手をくるりと返し、ナイアルラトホテップは鬼火の眸の前にかざした。憤《いきどお》る男の激発を抑えた。

「今は私を信じてもらいたい。君を招いたのは君を利するためだ。私を利するためでもある。正直なところ、あいつが一つの眼を喪ったのは、私にとっては僥倖《ぎょうこう》だったのさ。欠けたる神であればこそ、私の助力をやつは必要とする。喪った眼を取り戻せば私はお払い箱となってしまう。つまりは、便利な超時空転移ゲートを私が失ってしまうことになる。この共生関係を解消されたくはないんだ。そこで――」

「喪った眼を取り戻そうとしているのか、やつが」

「あれは常にそう働きかけている」

「それを邪魔をしたい、と？　だが、それは貴様の問題ではないか」

「君にとっても大切な話だ。あいつからえぐり取られた眼が、この地球上で何と呼ばれているか知っているか」

「また謎かけか」男はうんざりと頭を揺らした。会話に飽いてきたのだ。

かまわず、「輝くトラペゾヘドロン、さ」ナイアルラトホテップは続けた。「トラペゾヘドロンは手にした者に力を与える。君たちの祖が得た恩恵の話は先程したはずだが」

「呪いの話もだ」

「それはトラペゾヘドロンを取り落としたからだ。いま一度、手に入れたまえ。恩恵は完全となる。君は陽光に灼かれることなく真昼の空の下を歩めるだろう。棺の寝床からも解放だ。父祖からの墓所より運び込んだ土に身を横たえる必要が全く無くなる。一日一度は戻らねばならぬ、あの棺とも縁が切れるぞ。黴臭《かびくさ》い湿気《しっけ》た土ではなく、清潔で柔らかなベッドの上で眠れる。いや、君が望むならば土だろうが板の間だろうがどこで寝てもかまわないが、ともかく、旅先に棺を運ぶ苦労とはおさらばだ。君を苛む血の渇きも、あるいは癒えるかもしれない。欲しくは無いか、この恩恵が」

男の眼から怒りの火が消えた。赤く燃えていた眸《ひとみ》は、本来の色であろう暗い褐色に沈んだ。再び開いた口からは、静かに、重々しくも切実な一言がこぼれ出た。「どこにある」輝くトラペゾヘドロンは。

欲しているのだ。

輝くトラペゾヘドロンを。

「一度は海に投げ捨てられた」

「水には潜れぬ身体だ」

「打ち上げられた。先の地球の揺動で、この大陸のどこか、おそらくは東岸だな。今は価値を知らぬ者たちの手の間を転々としているだろう」

「はっきりとはわからんのか」

「私は全知全能なんて器用なたちではなくてね」神を名乗る男は嘯《うそぶ》いた。「感じたのは、再び地上に現れた気配のみだ。ただし、手がかりは無いでもない」

「教えろ」

「先にも言った。あいつは自分の眼を取り戻したがっている。当然、トラペゾヘドロンが陸に上った件は感知しているだろう。やつの信奉者どもをあたるがいい。今頃、手に入れようと奔走《ほんそう》しているのではないかな。そう、この近辺にも住んでいたことがあったな。事件の後、一族は離散したようだが」

「ウェイトリイか」

「よくご存知で」感心したふうに、軽薄にナイアルラトホテップは拍手した。「そも、ダンウィッチの怪事も、やつが眼を取り戻そうとして図ったことに端を発する。あれはトラペゾヘドロンの所在を知っても直には触れはできんのだ。君たちの祖の偉業だ。呪われたと同時に呪い返したのだ。片や魔となり、片や欠けたる神となった瞬間。呪いは通じた。トラペゾヘドロンは人の手を介さずには取り戻されない。並の人ではトラペゾヘドロンをやつの元に運ぶことはできない。次元を超えてやつの元にたどり着ける者、トラペゾヘドロンの運び手を作り出すために人の女の胎に種を蒔《ま》いた。神の種を。志は遂《と》げられなかったがね、あの時産まれた双子では」

「同じ試みがなされないという保障は」

「同じ試みはなされるだろう。諦めの悪いやつだから。場所は此処とは限らないがね」

「ということは」男は口角の両端をニッと引き上げた。笑ったようにも見えた。威嚇《いかく》しているようにも見えた。薄く赤い唇の上に、夜目にも長く白く鋭い一対の牙が剥き出しとなった。「余の為すべきは、トラペゾヘドロンの入手と、神の子作りの阻止か」

「トラペゾヘドロンの確保だけでも充分だ。君の手から宝を奪うなど、神の子であろうと為し得ぬ業だろうからな。他の誰に預けるよりも安心だ。惑星の終わりまでも安心していられる。なにしろ君は強く、しかも不老不死とくる」

黒い木立に笑いが弾けた。男は真に可笑《おか》しくてたまらぬというように肩を揺すり声をたて笑っていた。

「食えぬやつだ、這い寄る混沌よ。魔性を使い走りに仕立て、己は高みの見物か。けしからんな」

「言っただろう。あれとの友好関係は維持しておきたい。だからこその企てだ。私が表立って動くわけにはいかないんだ。それにね、私が何事も自分で片付ける性分なら」しれっと混沌の神は返した。「君に一切の利益は生じない。私は揉め事の当事者となるリスクを避けつつ変わらぬ利便を保ち、利便が保ち続けられるという安心を得、君は真昼の光を得る。棺の束縛からも逃れられるんだ。良い話じゃないか」

「まったく」男は高らかに笑い続けた。「良い話だ。ああ、良いとも、承知した。トラペゾヘドロンは引き受けよう」

ところで、と不意に男は笑いを収め、「このような重大事、声に発して差し支えは無いのか？　やつの耳にも届いているのではないのか？　なぜ、余を呼びつけた際の手段をとらなかった」

「念の方が、あちらには漏れやすくてね。音声は、雑音の多い惑星のことだ、あまり気にもかけられない。それに、これも言ったはずだ。今のあれは私の助力無しには、［全てを知る］ことはできない。そして私は、自分に不都合な情報など伝えないよ」

「神以外に聞き耳を立てているものは」

「ウィップアーウィルだけかな」

「ウィップ……？」

「鳥だ。一帯に棲んでいる。日の暮れる前から喧《やかま》しく鳴き交わしていたろう。彼らなら問題無い。この土地の言葉しか理解しない」

「それで今まで余に合わせていたのか。食えぬ神よ。蕃神《ばんしん》よ。混沌よ」男は再びニヤリ、凶悪な笑みを見せると、身体に巻きつけていた両腕を大きく広げ、振り上げた。

一迅の風が木立を分けた。

高く遠く飛び立つ大蝙蝠《おおこうもり》を見送り、涼しげな表情でナイアルラトホテップは、「まずは一歩、前進、かな」と呟いた。ウィップアーウィルには理解できぬ言葉で。

木の間の道に彼は足を踏み出した。行く手に立ちふさがっていた影は今は無い。

風が木々を薙《な》いだ瞬間、一斉に口をつぐんだウィップアーウィルのお喋りが、訪問者の背の遠ざかるとともに息を吹き返した。また喧しく湧き出した。今宵、この木立の間で、彼らの知らぬ異国の言葉で、いったい何が語られていたのかと、夜鳥どもは果ても無く問いを交わし合っていた。

（二）

五月末から六月の初旬にかけて、アメリカ北東部、ニューイングランド一帯に点在する田園で、奇妙な事件が立て続けに起きた。事件はさして人目を引かずに地域ごとに大雑把に処理され、終わったことにされた。

先頃発生した未曽有の巨大自然災害に、国家全域、否、全世界規模の混乱の未だ鎮まらぬ状況での出来事だ。国内外の被災者への救援、膨大な瓦礫の撤去、分断された流通の復旧作業の指示、混乱に乗じた暴動、外部勢力侵攻への警戒に、合衆国首脳部は機能不全寸前まで忙殺されていた。警察組織も同様だった。州、郡単位でも似たような状況だった。

事件は個人の起こした、おそらくは家庭内不和に起因するものとみなされた。日をおかずに類似の事件が発生している点は見過ごされた。気づいた者が居たとして、深くは掘り下げて考えなかったろう。非常時においては些細な不和も深刻化する。閉鎖的になりがちな田園では、古い迷信の呼び覚まされることもあり得るだろう。

そう、古い迷信だ。

彼らの父祖が旅立った、遠い昔に大洋の彼方の地に置き去りにしてきたはずの。古典的小説や映画の中にのみ息づいている、それもとうの昔に陳腐化したような。

息子夫婦と孫たちの心臓に手製の木の杭を打ち込み殺害した老婆、バーバラ・ウェイトリイは、拘束された時点で正気を失っていると思われた。何かにひどく怯え震えていた。彼女を捕らえた保安官に取りすがり、ガーリック——花でも実でもよいと言った——と十字架を執拗に求めた。ガーリックは意味がわからんと一蹴された。十字架は、犯行から伺える凶暴性から、凶器に用いられる恐れもあると退けられた。老婆の怯えぶりに同情心を刺激された保安官補の一人が、牧師と面会できるように手配してやろう、と進言した。迷信深い老人には、殊に正気ではない者には、聖職者との会話が必要とされる場合もあるだろう。動機の解明にもつながるかもしれない。

護送される間中、バーバラ・ウェイトリイは絶えず呟き続けていた。同じ言葉を繰り返した。あたしは知らない、と。

あたしは知らない。

あたしは知らない。

やつらとは関係無いよ、あたしらは。

あたしの血を吸ったってね、何も引き出せやしないよ。だって、本当に何も知らないんだから。八年前に逝っちまった亭主だって、あの儀式とは、すっぱり縁を切ってたんだ。ヨグ……、ああ、この名を口にさせないでおくれ。おぞましい、闇に蠢《うごめ》くやつら、真の闇にのみ潜む。あいつらとは本当に、本当にもう、一切関わらずに生きてきたんだ。あたしらは。なのに……。

拘置所の鉄格子の中で日没の迫るとともに恐慌の度合いを増す老婆の皺だらけの掌に、保安官補は、ペンで十字を描いてやった。夜のにじむ格子のはまった小さな窓に、老婆は掌を向けて縮こまった。

羽ばたきの音に、保安官補は窓の外に目を向けた。遠ざかる影。蝙蝠だ。

田園に蝙蝠は珍しくはない。日が暮れると羽虫を狩りに飛び立つのだ。それにしてもあの大きさは初めて目にする。今まで知られなかった種だろうか。森の奥から出てきたのだろうか。

ふと、昼間見た凶行の現場を思い出した。それぞれのベッドで朱に染まって息絶えていた男女と少年少女。胸の致命傷の他に、彼らの遺体には共通した傷跡があった。首筋に二つずつ、牙を立てられたような。

馬鹿な。人を襲う蝙蝠はこの大陸にはいない。あんな痕を残す獣は他にも知らない。たまたま、毒虫に噛まれた痕が、あんなふうに腫れ上がったのだろう。たまたま、全員が二回ずつ噛まれたのだろう。偶然だ。

偶然が――、凶行と、遺体の様と、被害者と加害者の姓も同じくする偶然が、ニューイングランドのそここここで、数日と間を空けず起きていた事実を、保安官補は知らない。

第二章　虹を望みて

（一）

五月に起きた変事以来めっきり車量の減った一号線を、第十六代大統領の名を持つリムジンで、ネッド・ブレイクは北上していた。人民の平等を唱えた男の名を冠する車は、しかし今、甚《はなは》だしく呪わしい不平等を積み込んでいる。名声の裏の悲嘆と憤怒と傲慢を象徴するかのようだ。

ハイウェイをリムジンでなんて、と、ネッドは苦々しく周囲に視線を走らせた。目立ちたくはないのだが、積荷の都合で車種の選択肢は限られていた。ハイウェイに最も馴染む車はトレーラーだ。トレーラーならば荷を積むにも苦労は無かった。家屋ごと牽引《けんいん》することも可能だった。積荷の主が許さなかった。積荷の主の古臭い矜持《きょうじ》が、問題の荷を単なる荷として扱わせない。牽引されるような安い家も許さない。もう百五十年を越える歳月をこの問題で悩まされてきた。かさばる厄介な荷と主をどう運ぶか。初めの頃は車の運転席ではなく御者台に座り、ハンドルではなく馬車の手綱を握ったものだ。あの頃は同じ苦労を分かち合う者もいた。心は通じ合ってはいなかったが。心を喪った者も多かったが。

主の気まぐれで僻地《へきち》にも住み、都会にも移り住んだ。僻地ではたちまち周辺に広がる不穏な噂に神経をすり減らし、都会は都会で気苦労が絶えなかった。主は瀟洒《しょうしゃ》な環境を望んだが、高級住宅街は、特有の社交の場が障壁だった。振る舞いならば問題無い。主は富貴な生まれであったというし、百五十年を越える月日は言葉を学ぶにも社会を学ぶにも充分といえた。問題は一日のうちで行動可能な時間の極端に少ないことだ。陽光の天を支配する間、主は闇の内に身を潜めねばならない。安らがぬ眠りに就かねばならない。

下層の生活臭立ち込める崩れそうなアパートの中に秘密の部屋をしつらえ、可能な限り掃き清め、拭き清め、罅《ひび》という罅を塞ぎ、飾り、香を焚きしめてしのいだ。怪しんで扉を叩く者は始末した。他の従者が居た頃はその者が手にかけ、付き添いが減じてからはネッドにも仕事は回ってきた。日が落ちた後ならば目覚めた主自らが手を下した。

都会の方が、獲物の数には恵まれた。行方をくらましたところで気にもかけられぬ者が少なくなかったためだ。

「この地の食事は不味い」獲物の喉に牙を立てながら、主は言った。「風が臭《くさ》い、水も臭い、舗装された下の土もさぞや臭かろう。臭《にお》いが皮膚どころか肉体の深奥《しんおう》にまで染みついておる」そう不平をこぼしながら、牙で開けた傷口より溢《こぼ》れる赤い雫の最後の一滴までも舐めとった。飲み干した。下僕には加えなかった。ネッドの記憶にある限り、ただの一人も。

ネッドを支配下に置いて以降、主は下僕を増やす意欲をなくしたらしい。どころか、下僕を厭《いと》う気配すら見せるようになった。

ネッド以前から付き従っていた者にも不意に「暇《いとま》をやろう」との言葉を降らせた。言うや繊手で心臓を刳《えぐ》り、勤めから解放した。灰になった者もいる。腐肉の塊になった者もいる。人の形を留めたまま倒れた者もあった。自分に暇が出されないのは、最も新しい下僕であること、まだ昼に動けること、影を保っていること。一人の従僕も居なくなれば眠りの護りを失うこと、食事の後始末をする者も居なくなること、転居に不自由すること、何より、彼が彼女を憎んでいることが一番の理由ではないかとネッドは考えている。

主には、憎悪を向けられ悦《よろこ》ぶ節が感じられた。

地球の表層が波打った時。震源は遠く大陸の西の果ての海であったため、東海岸の被害は比較的少なかった。道路や建築物の損壊は微小だった。が、人心の波は、地が平静を取り戻した後も鎮まらなかった。日頃から大都市には種々の鬱憤が吹き溜まっている。人種の坩堝《るつぼ》でもあり、富の偏りを顕著に感じさせられる街でもあった。貧者の富める者への羨望、富める者の過度な警戒、抑えこまれてきた蔑視と反発に加え、突如難民と化した旅行者の恐慌もあり、軋轢《あつれき》はあちらこちらで現実の形を生《な》して致命的なまでに表面化した。些細なトラブルは甚大な暴力沙汰へと発展していった。その日の朝、普通の市民として目覚めた者が、夕暮れには暴徒と化していた。

暴力と、暴力の鎮圧を試みる暴力が衝突する、都市機能の麻痺した大都会で、かつてないほどにのびのびと主は狩りを行った。主が夜を歩けば獲物の方から寄ってくる。獲物を引き寄せる主の魅力は以前からのものだが、混乱の中ではなおさら自然な現象と映った。たおやかな腕に絡めとられ倒れる者を誰も気にも止めない。

セントラルパークにまで足を伸ばし、緑の上で妖精女王《ティターニア》のごとく舞い、警護も失せた迷路の美術館に遊び、犠牲者を山と積み上げさすがに飽食したかとネッドも呆れつつ安堵した夜明け前、「渇く」と、朱に濡れた典雅な唇は吐き出した。

「飲み干しても飲み干しても渇く。この土地の血はわたくしの喉には合わぬらしい。居を移すといたそう」

北上は新たな血を求めてのことだった。

「街がよい。田舎はこのような事態では猜疑心《さいぎしん》に凝り固まり他所者を容れまい。街の方が破れ目がある。獲物にも事欠かぬ。『現代』とやらに染まりすぎておらぬ土地がよいな。『現代』の臭みと雑味には辟易《へきえき》した」

隠れ家のモニターに大きく映し出した地図を赤く塗った長い爪でなぞり、一点を指し、「懐かしいな」と微笑んだ。彼女の本性を知らぬ者には無邪気とも見える笑みだ。

「かの港が上陸の一歩であった」

貴女との出遇いもそこであったのですよ、とはネッドは口にしなかった。旧大陸からの積荷に紛れて船着き場に運び込まれたのだ。主の棺は。呪われた荷は。

ボストン。名を読み取るだけで、のろまな打楽器さながらの心臓も、往時の想いに強く脈打つ。ボストン。あの頃は幼かった。少年だった。青年だった。青年の頃、バタークリームの肌の娘を愛した。奪われた。青春が花開き、無惨に散らされた。始まりと終わりの街。そこに帰るというのか。

主の艶麗な貌《かお》にも、珍しく薄く紅が刷かれていた。思い出が、消えかけていた情熱の火を掻き立てたのかもしれない。主の狩る者の性《さが》が再び燃え立ったなら、ネッドは体内に残る血を失うかもしれない。影を喪うかもしれない。昼の陽を喪うかもしれない。遠からず暇を出されるかもしれない。心を喪うかもしれない。

命令は絶対だ。逃れ得ぬ呪縛に操られるままに、もはや若くはなく、未だ老いることもできぬ男は、故郷へと車を走らせていた。

（二）

荒涼とした天と地だった。よく見知った、地名は知らない、地名などはなから存在しない始原の場所だ。また此処《ここ》に来た、と、窕城愛理《うつろぎえり》は思った。幼い頃からだ。物心ついた時にはこの場所を知っていた。幾度訪れたかは数えきれない。馴染み親しんだ場所。

いや、まだだ。この光景は具象ではない。いずれたどり着くかもしれない地。現在は予感の断片でしかない。この光景そのものが真実ではない。人の、愛理の視覚では感知しきれないものを無理矢理に映像に、触れ得るものに変換した結果がこれだ。『神』の支配する天と地、宇宙はもっと豊穣なはずなのだから。

『神』の知覚を持たない愛理は、荒涼として見える天地の間《はざま》に落とされた小さな点にすぎない。『神』の恩恵を待ち望んでいた。それは確約されていた。愛理を選んだのは他ならぬ『神』なのだから。『神』の『御子《みこ》』を宿すべき器として。

眼差しを感じた。温かくもなく冷たくもなく――『神』は人と同等の感情など持たない――ただ、愛理に、全てを奉げることのみ求めていた。窕城愛理である意識を捨て去り、脱皮や羽化とは逆の（中身に用は無いのだから）純粋な器であることを要求した。

器を守るために、彼女を彼女の故地から切り離したのだ。広いわだつみを越えさせ、確実に残される大地に呼び寄せた。意識は抗わず疑問も持たずに従った。いずれ捨て去られ虚空に消えることすら是としていた。『神』の望みがそれを指し示すのだから。

もうすぐだ、と眼差しは、『神』の意思は囁いた。間もなく支度が整う。そのために働いている者たちがいる。

愛理は歓びも悲嘆も無く、意思をそのままに受け取った。器に喜怒哀楽など不要だ。

眼差しの源は目には見えない。荒涼とした天がそれであり、地がそれであり、宇宙全体がそうであった。目を閉じた方が強く感じられる。『神』の像が明瞭に結ばれる。三つに分かれた燃え上がる目。心臓の真上に焼き付けられた刻印も燃える。

――エリ――

突如響いた耳障りな音声が、結ばれかけた像を砕いた。天と地が揺らぐ、四散する、霧散する、消えてゆく。

「ひどいな、エリ。会話の途中で居眠りなんて」

瞼を開いた目の前に、褐色の男の顔があった。伸ばした癖毛を細かな編み込みにして後頭部で縛っている。鼻梁は太く小鼻も広く、ぽってりとした幅広の唇に、ローズピンクのルージュを塗っていた。

「ハーリー」ハーリー・ウォーランド、アメリカの、ケンブリッジの名門の学生。友人。この地での数少ない友人。

「ごめんなさい、ハーリー」軽く頭を振るって愛理は、幻覚の破片を払い落とした。

「何の話をしてたんだっけ？」

「バイトだよ。エリが、探してるって言ったんだろ」

六月になったらプライドパレードがあるから、と、ハーリーは春が来る前から浮かれていた。「虹色のドレスを着て歩くんだよ、俺は」分厚い胸を肉厚な手で叩いて言った。

「特注になるね」と、愛理はごく軽い気持ちで茶化した。「ああ……、うん」返ってきた声は意外にシリアスだ。「なんで、こんなにでかく育っちゃったかなぁ」

「かっこいいよ」

「俺はドレスの似合うすらりとした身体に育ちたかったよ。タッパはまあいいとして」

ハーリー・ウォーランドの肩幅は広く、肉付きも逞しく背も高く、どこから見ても隆々たる大男だ。脂肪はつけたくないと運動に励んだ結果、筋肉は一層盛り上がった。そのくせ、ピチピチにはちきれそうなタイトなサンフラワーイエローのワンピースを恥ずかしげもなく着たりした。そのくせ、どさりと腰を下ろした脚を閉じようともしない。

妙にしなを作らないところがハーリーの良いところだと、愛理は好ましく思っていた。堂々として見えるし、明るい黄色の服も褐色の肌によく映えていた。ハーリーは確かに、彼自身を飾る、ある種のコツを心得ていた。

昨年九月、この大学に編入して間もなかった頃、初対面の時には驚いて通り一遍の挨拶しかできなかったものだが。

余計なことを言わなかったのが逆に良かったのかもしれない。余計なことを言わないうちに目も気持ちも慣れてしまった。

「エリはさぁ」とハーリーは言ったものだ。「俺に『ミズ』って呼んだ方がいい？　『ミスタ』の方がいい？　て訊かないんだなぁ」

「面倒くさいもの」

「面倒くさい」

「ハーリーって呼び捨てでいいなら、ハーリーって呼ぶ方が楽だから。それとも改まって敬称付きの方がいい？」

「ごめんだね」

ハーリーは見た目通りの女装者だ。ハーリーが言うには女の服の方が断然イケているらしい。

「男に生まれてきたってことには不満は無いんだ。でもさ、男の服ってなんでこう、こう……？　もっさりした？　パッとしない？　色もバリエーションの無いやつばっかなんだ？　俺はもっと着飾りたいよ」

服装以外の嗜好については踏み込んで尋ねなかった。距離が近づきすぎるのも怖かったし、気まずくもなりたくなかった。それにハーリーが隣を歩いてくれると、余計なトラブルが避けて通ってくれるのだ。

愛理には自分が弱そうに見える自覚があった。小さくて細くて薄い。母国では標準だけど、ここではひどくか弱く見える。弱そうに見える者には、弱そうに見えるだけで色々とトラブルが寄ってくるものだ。治安は良い方の土地だと聞いてはいたものの、渡米して以来、常に緊張はあった。都合よく利用しているやましさは感じていた。が、そこにも敢えて踏み込んで話し合おうとはしなかった。優柔不断は性格か、母国の文化由来なのだろうか。女子寮に送ってもらうたびに、ハーリーの後ろ姿を見送るたびに、ひっそりと溜め息をもらした。

ルームメイトの奇異なものを見る目も受け流し、二人の関係の説明はしなかった。説明しようにも説明できる言葉を愛理は持っていない。

人の生き方の多様性を訴えるという、虹色の運動について、愛理にはこれといった意見は無い。ただ、パレードってデモみたいなものなの？　とだけは尋ねた。

「お祭りだよ」ハーリーの返答には屈託がなかった。「虹色の旗を振って、風船なんかも持って、虹色コーティングのドーナツとか食ってさ、歌ったり踊ったり明るく過ごすんだよ。自分は自分だーってな」十年も前に流行った映画の主題歌を、鼻歌で口ずさんだ。

「ドレスが間に合うといいね」と返した。五月が来る前のことだ。

（三）

五月、その日その時、愛理は教室にいた。やけに明瞭に覚えている。講義の内容は「伝承と神話学」だった。レポートを提出した日だった。

ズンと突き上げる衝撃からしばらくして、ゆったりと長い周期で打ち寄せる横揺れに、震源は遠いと愛理は判断した。日本の基準なら震度は三か四、東京では日常茶飯事という程度の揺れだ。ここは東京ではない。日本ですらない。地震に慣れない学生たちは一斉に悲鳴を上げた。机にしがみつく者、椅子から転げ落ちる者、教授までが教壇に這った。筆記具やテキスト、ノートがコロコロとバサバサと床に落ちた。散らばった。大半は狼狽《うろた》えた学生の腕が道連れにしたものだ。

愛理も余裕を持っていられたのは最初の十数秒程度だった。地震そのものには慣れていても、これほどの長時間の揺れは初めてだ。いったいいつ収まるのか、永遠に揺れが収まりそうにない気がしてきた。悲鳴こそ上げなかったが、机の端に指を立てて突っ伏した。しまいには、世界が揺れているのか、自分が目眩を起こしているのかわからなくなった。

揺れが収まった瞬間は知覚できなかった。頭も身体も揺れ続けているようにぐらぐらしていた。教授がやっとのことで立ち上がり、休講を言い残して出て行った後、とっさにスマホの電源を入れ、実家にかけた。「時差」と脳裏をかすめた時には、端末はただ、無音のみを伝えてきた。

何度かけ直しても結果は同じだった。――電波が届かないか電源が切られています――もしくは、――この番号は現在使われておりません――のアナウンスすら流れない。

本当の胸を圧し潰される苦しみは、以降にやってきた。電話が通じないだけではない。日本のウェブサイトのことごとくにアクセスできないのだ。揺れる前は当たり前にくだらない情報を垂れ流していたものが。

何も無い。

何も受信できない。

くだらない情報も重要な情報も。

SNSは混乱していた。英語で救援を求める言葉は多く見受けられた。日本語は見当たらない。まれに見つけても、日本の知人を案じて連絡を求める言葉だ。日本在住のアカウントは沈黙している。

休講は続いた。学生はしばらく寮に待機しているように、との通達が出された。日本との連絡はつかない。大使館に電話しても、ずっと混雑状態が解消せず結局は繋がらない。

寮で一日茫然自失の愛理を、さすがに見かねたものか、ルームメイトのバーサ・Lが焼き菓子とホットミルクを差し出してくれた。それまでは特には仲良くもなかったのだが。

「泣かないの？」と、いたましげな眼差しでバーサ・Lは尋ねてきた。

「どうして？」

「どうして、て……」

「わからないもの。何がどうなってるのか、何もわからないもの」

「そう……、そう、ね……」

「バーサは泣きたいの？」

「私は……、家族とは連絡とれたから」

「よかった……ね……」

「うん、……ありがと」

焼き菓子は口の中でぱさついた。ミルクは喉につかえた。涙が一筋、目尻から零れ落ちたが、バーサには見られてはいけない気がした。

揺れから三日目、学生・教員全員をホールに集めての説明会が開かれた。被害の範囲の広さが一部のみ明かされ、大学一帯は被災したうちに入らないと明かされ、不安の声が、異議を唱える声が情報開示のたびにホールを満たした。静粛を呼びかける声も何度も張り上げられた。ざわめきが完全に静まることはなかった。

ぽっかりと胸に穴の空いたままの心地で、愛理自身は声も上げられず、耳を傾けるともなく座っていた。時折、自分にも関わりそうな話題が上がれば身震いが走った。

隣に座ったバーサ・Lも静かだ。壇上の事務局の説明に集中しているとも見えない。突然に降って湧いた災害よりも愛理を気にかけているようだ。ちらちらと横目に視線を送ってくる。その視線が、けして温かいものではないように愛理には感じられ、投げかけられるたびに別の震えが走るのだった。

結局は大学も災害の全貌は把握していないのだと知れた。アメリカ全土が大変なことになっているとの話だった。アメリカの外への言及は無い。被害が他国のどこまで及んでいるかの話は無かった。アメリカ人はアメリカの内部にしか関心を持たないのだ。多数の留学生を迎え入れている大学は多少は視野が広いが、基本は同じだ。アメリカが世界の中心だと考えている。世界の中心の外の惨禍には興味が薄い。自身に余裕の無い時はなおさらだ。彼らに余裕は無かった。

被害の程度は西に向かうほど甚大だと知らされた。震源地はおそらく太平洋海底のどこかであろうとの推測が披露された。アメリカ全土が混乱に陥っている。国も州も郡のレベルまで非常事態の宣言が発令されたらしい。

日本の情報は無い。

胸に空いた穴に、自らが吸い込まれる心地を愛理は覚えていた。もしかしたら――。

もしかしたら、自分は難民になったのかもしれない。

大学は君たちを見捨てない。

事務局長は何度も繰り返した。中部、西部から来た諸君、さらに遠い異国から来た諸君ら、大学は君たちを見捨てない。すでに君たちを支援するための募金の窓口を開設した。この学舎《まなびや》の門を叩いた意思を、ゆめゆめ捨てて去ることのないように。

アメリカ全土が混乱に陥っているという時に、どれほどの募金が集まるだろう。どれほどの支援が得られるだろう。支援は基本、貧しい方、被害の甚だしい方に集まるものだ。被災地のうちにも数えられない、しかも富裕だと認識されている大学に、助けの手を差し伸ばそうとする者が居るだろうか。

働かなければならない。

闇に吸われそうな意識の中で、愛理は閃きにしがみついた。生活の頼みにしていたカードは生協でエラーを吐き出した。一時的な機械トラブルかもしれない。恒常的なものかもしれない。日本の状況がわからないからには、長引く覚悟は必要だろう。手持ちの現金は心許《こころもと》ない。この先も生き続けるつもりならば働かなければ。

就職は、いずれはしなければならない。それは以前から念頭にあったことだ。名門（この大学は世界に冠たる名門なのだ）を卒業してそれなりの商社、ぼんやりと描いていた未来図は消えた。すぐにも職を得なければ。猶予《ゆうよ》は与えられたとしても短いだろう。大学は「見捨てはしない」と言ったがどれほどアテになるものか。卒業までの面倒を見てくれるとは考えない方がいいだろう。よしんば、在籍中の暮らしは保証されたとして、卒業後までは頼れないのだ。

だが、就労ビザなど持ってはいなかった。働くためにこの国に来たのではないのだ。母国の状況も不明な今、パスポートさえ有効かどうかわからない。数日前まではあんなに頼もしかった『手帳』が。……ただの役立たずの手帳になってしまった、かもしれない。

自分がこの場に居るということ自体が違法である可能性を考えて目眩を覚えた。バーサの視線も気にならない。単純に働くためだけでもどれほどのハードルを越えねばならないか。生活の基盤をどう築にばよいかわからない。転落しか見えない。転落の先がどれほど深く暗いかもわからない。

後ろから頭頂部を誰かが小突いた。バーサではない。振り向くと鮮やかな虹色が視界に広がった。

「ハイ」と、ハーリーは分厚い掌を広げた。

周囲のざわめきは、いつしか質を変えていた。事務局の説明は終わり、学生たちも教諭陣も三々五々に立ち去りかけている。

「絶望してる？」問いかけた声は絶望とほど遠い。

「まだ……、わかんない」正直に吐露した。「自分がどう感じてるかも」

「だな、情報の量も精度も低いし、何かを判断するには不充分だ」

「判断するなってこと？」

「目先のことから順に考えよう、てこと。まず、これからコーヒーでも飲むか、とか」

「私、節約しないと」

「奢るよ」

「そのドレスは？　前に言ってたやつ？」

「やっと、訊いてくれたな」逞しい褐色の男はくるり、裾をひらめかせ回って見せ「ギリギリ間に合ったんだよ、あの日の直前に出来上がって、届いてさ」

「どうして着てるの、パレードは今日じゃないでしょ」

「リハーサル」

「こんな時に？」

「こんな時だからだよ」ハーリーは大きな口で笑みを作った。「湿気《しけ》た顔して深刻ぶってもしょうがないだろ。凹《へこ》んだ時こそ、イケた服着て、美味いもの食って、凹んだ分を埋め合わせないと」真顔に戻り、「相談があるなら乗るぜ。俺にできる範囲で、だけど」

席を回って二人、合流しかけた時、バーサからの視線が刺さるように感じられた。バーサ・Lはハーリーを好ましく思っていない。そんな気がした。愛理が、相談相手にハーリーを選ぶことも。

「大学生ってさぁ」と、カフェテラスで半ば飲みかけたカップを前にハーリーは言った。「飲食店とか普通の商店ではバイトしないいんだよな」

働きたい、という愛理の言葉を受けての返答だ。

「でも」

「自分がどれだけ名の通った大学通ってるか理解してる？　そういうバイトは、遊ぶ金の欲しい盛りのハイスクールスチューデントのすることさ」

「でも」

「学内なら、手伝いを欲しがってる教授とか居るよ」たとえば、と一人の老教授の名をハーリーは挙げた。地震当日、まさにその時、教壇に這いつくばっていた老人だ。

(四)

ガラクタ屋――、経営者のジョージ・エルウッドは骨董品店を自称していたが、周囲からの評価は

「ガラクタ屋」だった。実際、店内に積み上げられた大方が用途不明な埃をかぶった商品たちは、通常の、つまりは良識ある人々の目からはガラクタにしか見えない。どうして経営を維持できているのかは、田舎町の不思議の一つに数えられていた。そんな店にも時折は物好きが客として訪れ、時折は大枚と引き換えにいくつかのガラクタを引き取ってゆく。収益はまた新たなガラクタを仕入れる資金ともなっていた。

その筋では高名な画家、シュールレアリスムの極致とも悪夢のスーパーリアリズムとも評された異端の絵筆の使い手、リチャード・アプトン・ピックマンの絵画は、仕入れ値も張ったが良い値で引き取られていった。地震のどさくさにまぎれての取り引きだった。この騒動が落ち着かぬ間に、もう二つ三つは美味しい思いをしたいものだと、ジョージ・エルウッドは考えていた。掘り出し物が顔を出すのは、何か事件があった時だ。蒐集家《しゅうしゅうか》が鬼籍に入ったり、こんな風に世間そのものが動揺していたり。

地震当日はエルウッド自身も震え上がり、崩れそうなガラクタの山を必死に押さえていたものだが……。現金な頭は、地の揺れが収まった直後から算盤を弾いていた。

ピックマンの絵画は良い取り引きだった。あれと同等の、好事家の心をくすぐる逸品は無いものかとネットワーク（ガラクタ屋にはガラクタ屋同士のネットワークがあるのだ）に探りを入れていた時に、それは転がりこんできた。

持ち込んだのはエイブ・ホールトというガラクタ屋、もとい骨董品店仲間だった。安っぽいジェラルミンケースにそれを入れて運んできた。両眼に宿した欲の光は常と同じながら、ホールトは何かひどく憔悴して見えた。初めのうちこそ、相対したエルウッドの口から良い値を引き出そうと、ケースに収めたモノが如何に珍品であるかについて長広舌を振るっていたが、女房の化粧品で誤魔化そうと試みられたでのあろう眼の下の黒ずみを見逃すエルウッドではなかった。

「訳ありなんだろ」言ってやった。

見る間にホールトは舌をもつれさせ、動揺も露わにぱしぱしと瞬きを繰り返した。乾いた音でもたてそうな瞬きだ。

「この商売も長いとな、勘が働くんだよ、こいつはヤバいってな。だいたい、お前さんから持ち込んで来るってのが怪しい。さっきから聞かせてもらった口上じゃあ、ずいぶんな上物らしいが、そんなもんを俺のところに回すお前さんじゃないだろ。厄介物に払う金はねぇよ。持って帰りな」台に乗せられたケースを押し返した。

「ま、待ってくれ！」押す手にホールトはしがみついた。「一目、一目だけ中を見て考えてくれ」止める暇もあらばこそ、ホールトはケースの鍵を手早く外し、開いた。

閉じた。ホールト自身が中身の開放を恐れているかに思える素早さだ。「どうだ？」吐く息も荒くホールトは問うた。「欲しくならないか？」

欲しい。喉から飛び出そうな声を、危うく寸前でエルウッドはこらえた。足元を見られてはならない。

安物のジェラルミンケースの真ん中に、ガタつかないようにギュウギュウに梱包材を詰めた中に鎮座していたそれは、奇妙な小箱だった。一種独特の不均整な形をしている。一見、黄色がかった金属製に見える表面には、一面に何かの生物めいた模様が浮き彫りにされていた。薄浮き彫りながら生々しい、模様に似たどんな生物もこれまでエルウッドは目にしたことが無い。小箱を組み上げた技巧、薄浮き彫りの技量も素朴なようでいて、類まれな緻密さで為されている。

間違いない。こいつはオーパーツだ。

とんでもない代物だ。

外側のジェラルミンケースが開けられ閉じられる一瞬で、エルウッドは魅入られた。

「お前の言う通りだ」ホールトはうめいた。「こいつはヤバイやつだよ。俺の手には負えねぇ。だが、価値の高さについちゃあ、嘘はついてねぇ。こんな珍品、他には無ぇぞ。俺が……自分のものにできればなぁ……。だが限界なんだ。いや、もう吹っかけねぇよ。置いて行かせてくれ」エルウッドは肯いた。否も応も、一瞬、ケースの蓋の隙間から目にしただけの物体を、どうでも自分のものにしたくなったのだ。ガラクタ屋は、ガラクタ屋自身がガラクタを愛するものだ。

プロヴィデンスから流れて来た品物だとホールトは言った。「俺も最初はお前さんみたいな目をしてたよ。こいつを持って来たやつを出迎えた時にはな」

名残り惜しそうにケースから手を離し、そのまま一歩下がるとホールトは迷いが吹っ切れたか、晴れ晴れと表情を変えた。

「できれば稼げよ、それでな」言い残し、戸口に向かうホールトに、せめて交通費だけでも、と渡そうと追いすがると、今度はエルウッドから何かを受け取ること自体を恐れるかに振り払い脱兎のごとく店を出て行った。後ろも見ずに走り去った。拒絶されたエルウッドとすればいささか気分を害された。

だが悪くない。お宝はただで手に入った。

ホールトが残して行ったジェラルミンケースを、エルウッドは愛しげに抱え上げ、店頭から自室へ、ベッドの枕元へと運び込んだ。ホールトは「稼げ」と言ったが、売り払う気などさらさら無かった。ガラクタ屋はガラクタを愛する。こいつはガラクタなんかじゃない、唯一無二の宝物だ。

もう一度あの異様な美を目にしたいと、ケースの蓋に手を掛けては、ハッと離した。何度か同じ仕草を繰り返した。何かが警告していた。頭の中にアラートの赤いランプが点灯している。ホールトの、あの眼の下の隠そうとして隠しきれなかった隈を忘れたか？「ヤバイ」と言っていなかったか？

一体何がヤバイというのか。変わった形をしただけの、美しく、魅了されるだけの、ただの箱だ。


その夜、エルウッドは夢を見た。

夢の中でエルウッドは、ベッドに横たわる自分自身を見下ろしていた。枕元には例のケースがある。ケースが妖しく光っている。中身の小箱が透けて見える。ジェラルミンケースの蓋の隙間からは薄浮き彫りと見えた地球のものならぬ生物が、生身の生を受け、ズルリズルリと這いずっていた。光っていた。光を放っているのはケースではない、小箱ではない。小箱のさらに内側に輝く暗黒の塊が在った。

暗黒は宇宙だった。

彼の住む、この地球の北半球では目にしたことの無い数多の星が、星座が瞬いていた。

見知らぬ星座が回転する。数多の星が回転する。渦を巻く。中心には、さらなる輝く暗黒が座し、その中にも異なる宇宙を展開している。間近に通り過ぎる星を、星雲を、暗黒を網膜に焼き付けながら、為す術もなくエルウッドは宇宙の回転に巻き込まれていた。振り回されていた。

誰かが宇宙を見渡していた。恐ろしい熱量を持つ視線。理解し得る感情は持たず、理解の範疇を超える巨大な意思を持つ視線。エルウッドのそばをかすめ、エルウッドを、存在の小ささゆえに見過ごし、しかし何度も巡りきて見出しそうになる。

エルウッドは祈った。永遠に見逃されるように、と。だが、小さな存在の小さな祈りなどどれほどの力になろう。視線がまたぐるりと巡ってきた。エルウッドは叫んだ。恐怖に耐えかね絶叫した。

眠れる自分自身を見下ろしつつ叫んだ。

ベッドに横たわる身体ごと叫んだ。


翌朝、ジョージ・エルウッドは、洗面所の鏡の中に、両眼の下に黒々と濃い隈を作った己の顔を見出した。


それでも一週間を耐えた。

異形の小箱と、おそらくは、その中に収められた暗黒の輝きへの愛着が、彼をきつく、逃れ難く縛っていたのだ。ジェラルミンケースの蓋は開けなかった。開けたが最後、身の破滅だと、彼のガラクタ屋としての勘が叫んでいた。ガラクタ屋のもとには時に、危険なガラクタが舞い込んでくる。

この小箱はガラクタどころではない。とんでもないパワーをしまい込んでいる。

一週間の身を裂く葛藤の後、ホールトと同じ道を彼は選んでいた。自身と同じく欲深でガラクタを愛してやまない同業者のもとに持ち込んだのだ。手放したのだ。

魂の底から愛したものを手放した虚しさと得体の知れぬ恐怖からの解放感で妙に晴れ晴れした虚脱状態に陥って二日目、エルウッドの店に電話が入った。店頭で、営業用スマホを手にわなないていたさなか、戸口からも来客があった。人を型どった巨木にも似た客だった。客が口を開いた直後、エルウッドはスマホを取り落とし、失禁しながら失神した。

電話の向こうからの声はアメリカ東海岸特有のイントネーションで、巨木のような来客は、どこの訛りともしれぬひどく聞き取りにくい喋り方で、同じ質問をしたのだ。

地球上のものとも思えぬ、黄色い金属製の小箱が持ち込まれはしなかったか、と。

(五)

ジョナサン・アーミティッジ教授は、教壇に這っていたのと同一人物とは思えぬ落ち着きで愛理を迎えた。「扉は開けたままにしておいてくれたまえ」元より開け放しだった扉を叩いた愛理にそう言って椅子を勧めた。

「このところ、社会も学校も、何かとうるさくてな。私はともかく、君に不名誉な噂が立ってもいけない」やれやれと首を振りながらコーヒーメーカーからジャグを引き出した。黒褐色の液体が中でタプンと波をたてる。

「そういうことは私が……」

「君に頼む用事は、資料の整理の手伝いだ。給仕ではないよ」二つ並べたマグに液体を注ぎ、「たまたま喉を湿したいタイミングに、たまたま二人分のコーヒーがあっただけだ。座っていたまえ、仕事の説明をしよう」一見雑然と本と紙束を積み上げた大机の片隅の隙間に、二つのマグを置いた。

「教授はアナログ派ですか」

「両方使うとも」紙の山の向こうを指した。マシンは反対側のふもとにあるらしい。「利便性、保全性はそれぞれに異なるのだ。資料などはアナログでなければ入手できんものもあるし」

「整理する資料って、これのことですか」人の背丈ほども積み上がった紙の山を指して尋ねれば、「いや、これは今のところ触らなくていい。ちゃんと秩序をもって置かれてるものでな。この間の揺れにも、幸い、さほど崩れずに済んだ」とてもそんなふうには見えない。

「一人では触りたくない資料があるのだ」アーミティッジ教授は老眼鏡の上から愛理の顔をまじまじと眺めた。深い、青い目だ。「君は物覚えは良い方かね」

「普通、だと思います」

「日本人は謙遜するとは聞いていたがね。当大学に在籍するからには並の普通ではあるまい」まあい い、と、コーヒーを一口すすり、「次の言葉を諳《そら》んじてもらいたい」唱えた。

オグトロド　アイ‘フ
ゲブ‘ル——エエ‘ヘ
ヨグ＝ソトース
‘ンガーン’グ　アイ‘イ
ズロー

目の前の温厚そうな老人の声とは、いや、人の声とも思えぬ歪《いびつ》に軋んだ異音が、壁にこだました。

「耳が痛むかね、頭痛は？」老人の声が戻った。瞼を瞬《しばた》いて愛理は軽く頭を振るった。先の異音が発せられた間、おそろしい速さで光と闇が彼らの頭上を駆け抜けていったように感じられたのだ。まるで昼夜が数秒のうちに通り過ぎたように。

「恐ろしく響いただろう」アーミティッジ教授はまたコーヒーを一口飲んだ。「だが、今の呪文に害は無い。あれは解呪のためのものでな——。私がとある資料を整理している際に塩の兵が……、いや、何者かが通常ではない方法で現れた時に唱えてもらいたいのだ。私は意識を失っているかもしれんのでな」

研究室でのバイトは驚くほど楽だった。これで収入が得られるとは、小遣い程度とはいえ、申し訳ないくらいだ。

アーミティッジ教授は、室内のほとんどの資料を自分の手で移動させた。教授の言う資料の大半は特定の木箱に収められた壺で、壺の形状は、古代ギリシャのレキトスと呼ばれる香油入れに似ている。大きさはそれぞれ、両掌で包み込める程度。レキトスには蓋は無いが、これらには後で取り付けられたのだろう蓋があり、厳重に封を施されていた。

愛理はただ座って見守っていた。教授の身に異常が起きないかどうか。通い始めてから異常の起きたことは無い。何も起きない時間が苦痛といえばいえた。

「退屈かね」木箱に収められセットになった小さな壺に振られている番号を、紙のノートに控えながら老教授は尋ねた。

「いいえ」と応えたものの、欠伸はこぼれ出す寸前だった。

「無理はせんでいい。誰しも集中力には限界のあるものだ」蓋を閉じた壺をそっと木箱に戻し、老人は腰を伸ばした。「私も一休みしよう。集中が途切れてしくじってはいかんからな」休憩の合図だ。

「揺れて以来、あれらのことが心配でな」カフェのものに比べて少し味の落ちるコーヒーを飲みながら、教授は愛理に聞かせるともなく語った。

「なんですか、あれは」

「塩だ」

「塩？」

「調味塩ではないぞ。この世のものならぬもののエッセンスというか、旧い呪術信仰の対象だ。プロヴィデンスのウィレットという人物から譲られたものでな、なかなかの由来を持っておる。あるべき姿を取り戻すと、恐ろしい力を持つ――、その顔は、理解できん様子だな」笑った。「理解できんのが普通だ。私も最初は理解できなかった。ウィレット氏が目の前で……、いや、理解できんままでいるのが幸福だ。あの闇深い世界など」一転、眉根を曇らせ「ウィレット氏は、もう関わりたくないと、これを私に委ねたのだ。私は好奇心と探求の欲から引き受けてしまったが」ふっ、と、好々爺の顔に戻り、「手伝わせて済まんな」その面から翳は、まだ拭われていない。「本来ならば余人を関わらせるべきではないのだ。引きずり込まぬよう、細心の注意は払っておるが……」

はあ、と曖昧《あいまい》に相槌《あいづち》を打ちながら、愛理はふと思い出した。そういえば、この教授の専攻は伝承と神話学だった。あの日、レポートを提出した。

「そういえば君のレポートだが」不意に水を向けられ「はひっ」と声が裏返った。

「面白かったよ」と教授。「君の母国の呪術な。祟りを恐れ鎮めようとする呪法の存在は万国共通だが、転じて加護となそうとはな。私も調べてみたくなったものだよ」日本は単なるわだつみを越えて遠くなった……。

これといった解決も見ないままの六月。ハーリーは、説明会でも披露した虹色のドレスで現れた。女子寮の玄関前に。

パレードに行くという。

「やっぱりやるの？　パレード？」目を丸くする愛理に、当たり前のように「やるよ」

こんな時に？　――違う。

「こんな時だから？」

「そうそう。みんなふさぎ込んでるのにはうんざりなんだ。元から予定もしてたんだし、ぱぁっと明るく騒がなきゃ」

「でも国も州も緊急事態宣言を解除してないって」

「ケンブリッジもボストンも、もう大丈夫だって。元々治安はいいんだ、この一帯は。地下鉄《レッドライン》も動いてる。確かめてきたんだ。チャールズ川を渡って、ちょっと練り歩くだけだ。な、一緒に行こう、エリ。今日は研究室のバイトも無いんだろ？」

「そうだけど」と口ごもった直後に、「エリはあんたとは行かない」割って入った声があった。固く、刺々しい、若い女の。いつの間にか背後にバーサ・Lが立っていた。

「エリはレインボーの旗を振ったりしない。練り歩かない。歌わない、踊らない」と、バーサ。「馬鹿騒ぎには自分だけで行って」

「プライドパレードは馬鹿騒ぎなんかじゃない」

「黙って。エリ、前から言おうと思ってたけど、男の人と付き合うのはいいけど、もっと普通の人を選びましょうよ。わざわざ留学してきて、こんな」

「俺のどこが普通じゃないって！」

「どこが普通なの！　鏡でも見てきたら！」

「やめて、バーサ」

「やめない！　ルームメイトとしての忠告よ！　こいつがそばに居る限り、まともな女友達も男友達もできないの！　そうでしょ？　エリはこいつから離れればまるっきり独りじゃない。こいつにもずいぶん油断してるみたいだけれど、虹色野郎のくせに女と親しいなんて変だと思わない？　友情だと思ってるの？　そっちに興味無いように見せかけて、頃合いにパクリとやっちゃうやつだって居るのよ！　泣きを見てからじゃ遅いの！」

「やめて！　バーサ！　……ハーリー……」

ハーリーは今までに見せたことの無いような情けない悲しげな表情を浮かべていた。

「ごめんなさい、ハーリー、バーサは……」

「いいんだ」頭を振りながら微笑んだハーリーの口元は、悲しみの色を隠そうとして隠しきれずにいた。「土産に何か甘い物買ってくるよ。それくらいはいいだろ」

「うん。ありがと、待ってる」

立ち去る背は、幅広く逞しいにもかかわらず、まとった虹色のドレスの明るさにもかかわらず、ひどく寂しく心細げに見えた。

なおも物言いたげなバーサの口を「頭が痛いの」と封じ、愛理は部屋に戻りベッドに潜り込んだ。言うまでもなく頭痛は嘘だ。

頭までかぶった毛布の下でハーリーの後ろ姿を思い返した。後悔していた。一人で行かせるのではなかった。彼とパレードに行けば良かったと。バーサが何と思っているにしても、ハーリーはずっと、ずっと、今まで誠実な友でいてくれたのに――。

ハーリーは約束を破った。
土産を持って訪ねては来なかった。
その夜も。
次の日も。
その次の日も。
それっきり、ハーリー・ウォーランドの姿は大学から消えた。

（六）

マサチューセッツ州エセックス郡のピーボディ市郊外で、四代続く農家を営んできたジェームズ・ウェイトリイは、窓越しに空の色を伺っていた。夏至近い空は二十時も半ばを過ぎてようやく黄昏の色に染まる。残照の赤みも消えて白けた空が濃い青から藍に移り変わるに従って、眉間に刻まれた皺は深さを増し、悲痛の表情を顔貌に添えるに至った。背後のテーブル脇では気の早い妻、マーガレットがすすり泣いている。長男のアルフレッドが未だ帰宅しないのだ。

ハイスクールでフットボールのレギュラーに選ばれたアルフレッドの帰宅が遅いのは珍しいことではなかった。五月までは。五月のあの日までは、帰宅が遅れたからといってジェームズも咎めもしなかったのだ。フットボールのレギュラーであるということは、ちょっとしたステイタスだ。息子を誇らしく思っていた。

五月の地震以降、順風満帆だったアルフレッドのスクールライフに翳がさした。学校も生徒たちの長居を動機にかかわらず喜ばなくなった。部活は無期限の休止状態に陥った。被害のひどかった中部から不審者たちが街に流れこんでいるとの噂が流れた。空き巣や強盗が以前に比較して頻発しているという。通りすがりに暴行に遭う者もあるという。加えて一族に降りかかった災厄だ。

ジェームズはウェイトリイの姓を呪った。

ニューイングランド全域に散らばった一族は、いつしか相互の連絡も疎《おろそ》かとなり、クリスマスや新年に集まりもしない。実質他人も同然だ。それでも地方紙やローカルニュースに名が挙がれば少しは気にかける。良いニュースならばいい。悪いニュースも一件や二件ならば遠い縁戚の不運を悼む程度で済む。一件や二件ではなかった。少し気にかける程度で済む問題ではなかった。

ウェイトリイの一族は狙われている。

それも、人の社会の、少なくとも常識の埒外《らちがい》の存在からだ。警察など頼みにならない。教会も、必死の訴えにも、ただ心落ち着けるように、との説教のみでいなした。頼れるものは無い。自らの身は自らで護らなければ。

若い、フィールドで持て囃されたおかげで多少増上慢の気のあるアルフレッドは、父の懸念を鼻で笑い飛ばした。今時の若者に旧い伝承などおとぎ話ほどにも相手にされない。母親のマーガレットが泣いてすがって手渡した小さな十字架のペンダントだけは渋々首にかけた。あれが役に立てば良いが。むしろ、役に立つような事態に遭っていなければよいのだが。

他の子供たちは聖書を持たせて奥の寝室に追いやった。閉じ込めた扉に白墨で十字を描いた。

曽祖父のウォルター・ウェイトリイが、今は使われていないストーブの脇で、今の季節には用の無いはずの薪の片端をナイフで尖らせている。

　重苦しい沈黙を、玄関の鍵を回す音が破った。「ただいま」と、聞き慣れた若い声が響いた。続いて「どうぞ」と。

　テーブルに両肘をつき俯いていたマーガレットが顔を上げた。唇まで蒼白だ。ジェームズは手にしていた聖書と十字架を胸の前に掲げ、玄関からリビングに続く扉に向けた。リビングの扉の前で小さく罵る声が聞こえた。だがノブは回された。

「用意周到なことだ」ひどく訛った声は息子のものではない。もっと成熟した重々しい響きだ。

　アルフレッド・ウェイトリイは、彼より少し背の低い、体格も彼より少しスリムな、しかし鍛えられた厚みを持つ影の後ろに立っていた。朝、家を出た時より少し血色の悪い顔をして。首に掛けられていたペンダントは消えていた。室内の灯りに照らされて、アルフレッドの足下には影が落ちている。わずかに薄い。アルフレッドの前に立つ影には影が無い。影の顔の位置には二つの赤光が鬼火と燃えていた。

「残念だったな」鬼火を宿した影が、重々しくも訛った口調で告げた。握った右手を突き出して上げ、開いた。澄んだ音をたてて小さな金属塊が床に落ちた。元は十字の形をしていた塊が。へしゃげ潰れて原型を失った母の祈りが。

「劣位《レッサー》の者ならばこれで防げた。最も濃い血を授かった者はそうはいかん」開いた右手をジェームズに向けた。見せつけるように。

　掌に治りかけの傷のような汚点《しみ》がある。

「少々、火傷した。久方ぶりに痛みというものを思い出したぞ」口ぶりには苦笑の気配があった。

「ご主人様《マスター》の言うことをきいてくれ」アルフレッドが絶望的な言葉を口にした。首筋にはきっと牙の痕がある。「ご主人様の言うことをきいてくれ。でないと俺だけでは済まなくなるぞ、……父さん」

「そこな老人も無駄な作業は終えるがよい」影の鬼火の眼光が、杭を握ったウォルター・ウェイトリイを射すくめた。「余が真昼の眠りにある時ならばいざしらず、目覚めてある今、この心臓にその棒切れを打ち込めると思うか。そも、余のこの眼を見て動けるのか、そなたら」老いた手から杭が落ちた。ナイフも落ちた。ジェームズの震える手からも聖書と十字架が落ちた。

「憐れみを……」テーブルに両腕をついて硬直した姿勢でマーガレットが乞うた。

「よかろう」憐れみ深い君主は即答した。振り向きざま、分厚い若い胸を手刀で突いた。母の悲痛の叫びが上がった。

「余のかける憐れみとはな」若者の胸から掴みだした心臓を見せしめのように家族らの前に差し出し、「余の支配下にある者を、その軛《くびき》から解き放ってやることだ」握り潰した。鮮血が弾け滴《したた》った。床を染めた。握り潰した手も染めた。顔に、口許に飛び散った若い血を、鬼火の魔性は口髭の上まで舌を伸ばし美味そうに舐め取った。背後には、今朝まで輝かしい生命力をあふれさせていた若者が、今や偽りの生命すら失い転がっている。

「なんのために……」震えながら、犠牲者の父は抗議した。「アルフレッドを……」

「招かれねば家には入れぬ身ゆえにな。そなたの息子には気の毒をした」

「なんのために……」ウェイトリイを狙うのか。

「そなたらの祭祀について、いささか訊きたいことがあったのだが。余を迎える支度《したく》を見るに、どうやらそなたらは堕落したらしい」

「堕落など……！」異議を唱えたのは、玄孫を失った老人だった。「堕落したのは別のウェイトリイだ！　わしらはずっと、天にましますゞ父なる神の」

「そちらの神の話はするな！」魔性の君主の叱責が飛んだ。「別のウェイトリイとやらについて教えよ」

「あれは……」震えにガクガクと顎も外しそうになりながらウォルター・ウェイトリイは答えた。「あやつらはもう、ウェイトリイを名乗ってはおらん……。わしらの信仰を誤りだとほざきおって……、自分は正しき道を行くと……、一族から……離反し……、ダンウィッチの試みを今度こそ成功させると……。あの事件は……、わしらの生まれる前の悪夢だというのに……」

「どこに行った？」

「し……、知ら……」ウォルター・ウェイトリイは言葉半ばにぱたりと倒れた。無数の皺を刻んだ老体から震えは消え去っていた。完全に。脈も、鼓動も、呼吸も。

「爺さんの知らないことを俺が知るわけないだろ！」涙と脂汗に顎まで濡らし、雫を垂らし、ジェームズ・ウェイトリイは抗弁した。「許してくれ！　勘弁してくれ！　これ以上は……！　これ以上は……！」

影は去った。

「ふむ」感慨があるとも無いともわからぬ応答ののち、「邪魔をしたな」

残されたウェイトリイ夫妻は、夫婦揃ってその場に崩折れた。一夜にして湧いて出た二つの死を嘆くべきか。同じ屋根の下に生存者のあることを喜ぶべきか。

深更、かつて栄え今は寂れた廃墟の塀に沿って人の形をした枯れた巨木が歩いていた。否、枯れ木に似た肌の、人の形をして服をまとった何か、だ。枯れ木めいているくせに逞しい、ゆえに巨木と見紛う。はちきれそうなシャツの襟は高く、太い首を締めつけんばかりだが、服の主は律儀に一番上のボタンまできっちりと止めている。

はらり舞い落ちた夜空の欠片がそれの前に立ちはだかった。

「ご主人様《ドミナン》」巨木は呼びかけた。枯れ木にも似た容姿に似つかわしい枯れた声で。

「そちらの首尾はどうだ」また一家族、ウェイトリイに連なる者を破滅に導いた夜が問いで応じた。環状列石の丘でウィップアーウィルを戸惑わせた言葉で。

「また、でございます」巨木の返答も同じく、ウィップアーウィルには理解できないだろう。ここではない、遠い異国の言葉だ。

「また、一歩出遅れた後でございました。これで何度目になりますやら。あの物体はどうも我らに捕えられたくはないようで」

「意思持つ宝か」夜が溜息を吐いた。「こちらは、ある意味、進展はあったが的が絞れなくなったな」

厄介な、と首を振った。

「それでございますが」巨木が口を挿んだ。「我らと同じ物を求める輩が動いております。お求めの人物やも」

「姿を見たか?」

「いえ」

「声は聞いたか?」

「いえ」これも一歩違いで取り逃がしております、と巨木は主人に報告した。「捕らえるよう励め。宝でもよい。我らと競う者でもよい」言いつけ、夜の欠片は舞い上がった。「余は先に戻る。今宵は飽食した」声のみ残し夜空に一体と溶けた。

「夜明けまでには、わたくしめも宿所に参じます」巨木も再び歩みだした。探しもの以外の役目も、彼にはあるのだ。

（七）

どことも知れない、地球上であることはわかる。天空の星は北半球のものだ。揺るぎなく中心に座す北極星を中心に、大熊座、小熊座、カシオペア座が刻々と位置を変え夜を巡る。天球の端には夏の大三角形も顔を覗かせていた。その下に、人の背丈ほどの蓑虫が蠢《うごめ》いていた。

そうではない。蓑虫さながらにかぎ裂きだらけの動くごとにびらびらとまくれ上がる襤褸《ぼろ》をまとった男が、伸び放題の髪を乱し髭を乱し、頼りない足取りで道なき道を進んでいたのだ。大地は荒れていた。先の大変動でできたと思しき亀裂が走り、ところどころが隆起し、陥没し、倒木もおびただしい。倒れかけて踏みとどまったわずかな樹々の影が、怪物めいて男の背後と行く手に、脅すように覆いかぶさっていた。

靴を履いていない男は、足の裏を傷つけでもしたのだろう、背後に点々と朱い足跡を残していた。どこかで悲しげな獣の遠吠えが上がった。交差した。谺《こだま》した。男は気にもかけない。耳をそばだてもせず、足を速めもしない。立ち止まりもしない。

男の彷徨は突如、終わりを告げた。前方に彫像めいた人影が現れたのだ。降臨したとも見えた。灯り一つ無い夜空の下、倒木と倒れかけた樹々の間で仄《ほの》かに光を帯びて見えた。

「ナイアルラトホテップ」呪わしく一言、吐き出し、男は両膝を折った。

「捜したよ、友《アブドゥル》よ」呼びかけるナイアルラトホテップの声の響きは優しく柔らかかった。温もりすら感じさせるのは、まやかしか。

言葉は、遠い昔に変容し今は使われぬものだ。微かにアラビアを思わせる音韻と抑揚があった。

変わらず、ナイアルラトホテップは若い男の姿をとっていた。人種国籍不明な整った容貌も変わらず。長い黒髪を巻き取って挿した髪飾りも変わらず。身体には何を思ってか、古代ギリシャのトーガを思わせる布を豊かに優雅に巻きつけている。神と名乗らなくとも神々しく見える。

「何千年ぶりだ、アブドゥル。時空を超え宇宙の果てまでを共に見聞した、あの旅から」

「黙れ背信者よ」アブドゥルと呼ばれた蓑虫は、ナイアルラトホテップを見まいとするように両手を顔の前にかざした。元の色も定かではない土埃に汚れ、束と固まった髪の隙間から覗く褐色の両眼は、恐怖と惑乱に大きく見開かれていた。「惑わす者。欺く者。宇宙の全てを裏切る者よ」アブドゥルの返答も、ナイアルラトホテップと同じく風化した遠く古い言葉だ。

「悲しいことを言ってくれるな、友よ」

「友などではない！　まやかしの主よ！」ずりずりと膝立ちのままアブドゥルは後退った。傷ついた足裏に倒木の棘が刺さってもかまわなかった。「私を破滅に導いた！」

「君の破滅は私も悲しむところだが」優雅に胸に片手をあて、ナイアルラトホテップはアブドゥルに向かって頭《こうべ》を垂れた。言い聞かせた。「私が導いたのは大いなる時と宇宙の航路だ。君を陥《おとしい》れる意図は微塵《みじん》も無かった」

「大いなる恐怖と対峙《たいじ》させた！」

「あれらの存在は宇宙の悲劇だが、私の被造物ではない。思い出してくれ、アブドゥル。私は見せ、聞かせはしたが、あれらに君に触れさせはしなかった。護り続けた。ただ一度を除いては。あれは君の逸脱だった。君の破滅は君の望んだ結末だ」

「口先だけならば何とでも言える！」アブドゥルは今度は両耳を激しく叩きだした。「呪わしき舌よ！貴様が見せ、聞かせたもの！　なんと冒涜的な……！」

「冒涜という概念は、価値基準をどこに置くかによる」

「黙れ、黙れ！」耳を叩きながら、アブドゥルは地に額も叩きつけだした。石だらけの固い土だ。割れた額から流れ出た血が、鼻梁を伝い、鼻梁の両脇を伝い、朱い涙と滴った。「嗚呼《ああ》、この鼓膜から頭から離れん、呪わしきか細き横笛《フルート》の音《ね》と太鼓の連打……」

「まだそんなことを言っているのか」ナイアルラトホテップは溜息を吐いた。親しき者の愚かさを嘆く声音で。「君の耳のお粗末さも予想外だったよ。私はもっと壮大で荘厳な、星々の奏でる調和《ハーモニー》の旋律を聴かせてやるつもりでいたのに」

「私を愚弄するために捜していたのか」

「まさか」歩み寄り、ナイアルラトホテップは、うずくまるアブドゥルの前に片膝をついた。地に打ち付けられた頭に、汚れもつれた髪に、均整のとれた指の長い手をそっと置いた。「君を護るために来たのだ」アブドゥルに反駁《はんばく》の暇《いとま》を与えず、「燃え上がる三つの眼から」手の下の汚れた頭がびくり、震えた。

「一つ、君には詫びねばならん。君のあの逸脱は、私自身の望みをも映したものだ。宇宙に完全な神など要らぬ。よくしてのけてくれた。だが、君への友情にも偽りは無い。あれから、燃え上がる三つの眼から、君の存在を隠すためにずいぶんと苦心したのだよ。その間《かん》、君は、またずいぶんと放埒《ほうらつ》に振舞っていたようだな。己の呪いを分けて回るとは」

「ずっと……、見ていたのだな……」

「痕跡を追っていた。三つの眼の隙を伺いながら、ね。君はなかなか足が速くて追うのに苦労した」

「嘘をつけ」

「嘘ではない」するり、差し出した手と反対の手でナイアルラトホテップは長い髪に挿した飾りを抜いた。差し出した側の手首に深々と突き立て、引き抜いた。真紅の泉が湧き出した。「証《あかし》だ。君への友情の。飲みたまえ」渇いているのだろう、と。

浅黒い神の手首を伝う朱い流れに、アブドゥルは瞬時、躊躇《ちゅうちょ》し、抑え難い欲求に押され飛びついた。赤子が母の乳房にそうするように、すがりつきむしゃぶりついた。最前まで恐怖に彩られていた両眼には餓えと渇きの赤光が宿っている。

「牙は立てないでくれたまえ」浅ましい友の様にもたじろがず、ナイアルラトホテップは朗らかに笑った。解かれた髪も笑いとともに揺れた。「私に呪いは効力を持たないがね」

天を見上げ、世間話さながらに「このところ星辰の巡りが芳《かんば》しくなくてね」などと言って聞かせる。

「ルルイエは浮上するわ、トラペゾヘドロンは見出されるわ、大騒ぎだ」

トラペゾヘドロンの響きに反応した肩を抱いて、「大丈夫だ。手は打った」優しく揺すった。

「君が明晰なる狂気の内に選び抜いた者、夜の子らも働いてくれる。意図する者も、意図せぬ者も……。やつは運命の糸を思うがままに手繰《たぐ》っているつもりだろうが、私も織り目に色々と仕込んでおいたのさ。そんなことより」渇きの赤光の鎮まった、もの問いたげな上目遣いの眸に微笑みかけた。「君に新しい住居を用意しないとな。地の根に近く、暗い寝床を。何と言っても、その身で昼の陽光は浴びたくないだろう。残念ながらカダスには入れてやれない。あそこは地球の他の神々の許諾も必要な場所だし、根の部分にはショゴスも徘徊する。危険だ。ルルイエ、いや、元ルルイエというべきかな。先だって浮上したあの大陸などはどうかね。先に棲みついていたやつは滅ぼしたよ。今はすっきりときれいなものだ。未だ人跡未踏の地でもある。しばらくは落ち着けると思うのだが――、どうだい？　アブドゥル・アルハザード」

第三章　レッドライン

（一）

「これの片付けが済んだら」アーミティッジ教授は、その日も木箱の中の壺（非常に沢山あるのだ）を整理しながら言った。「大学を辞めようかと考えておる」

「え……」愛理にとっては寝耳に水だ。バイト先が無くなってしまう。だけでなく、一見気難しそうな、その実、気遣いの細やかな、この老教授に次第に親しみを覚えるようにもなっていたのだ。失うのはつらい。

「この歳だ。もっと早くに後進に席を譲るべきだとずっと考えておった。私の学問の後進は」ははっと笑うように息を吐き、「少ないがな」それに加えて、と老顔を曇らせ、「君も知る通り、授業の再開の目《め》途《ど》が一向に立たん。学舎が学舎としての機能を果たしておらん。今の状況では身寄りのない若者たちの避難所だ。避難民を受け容れるのは人道だ。そこに異議ははさまん。ただ、それだけに、私のような居ても助けにならん老人などに去るべきではないのか、と感じられてな」

「私には助けになってます！」思わず愛理は異論をはさんだ。「助けに……、なってます……」

「ふむ」顎に指をあて、老人は思案顔になった。「君のバイト先が無くなってしまうな」

「それだけじゃなくて、私」椅子から乗り出し「私……」腰を浮かせかけ、俯《うつむ》いた。「頼れる人が……」

この老教授しかいない。ハーリーも居なくなった今。

「……休憩にしようか」老人はいつものようにコーヒーメーカーに向かい、二人分のマグカップを持って戻ってきた。一つを愛理の斜め横に置き、一つを持ったまま空いた椅子を引き寄せた。

「この話をすべきかどうか、迷っておった」

「？　何でしょう？」

「ミズ・ウツロギ」教授はファミリーネームで彼女を呼んだ。「私と共に来ないかね、私の郷里に」

返答に詰まった愛理に教授は、やや焦った早口で、「勘違いしないでくれたまえ。妙な意味ではない。妙な……、その、男女の関係などは、私は君に求めておらん。これは、その種の下心など交えぬ真剣な誘いだ」

「そんな」気圧されガタリ、揺らした椅子の上でしゃちほこばって愛理は、「じゃあ、どうして……」

「君に学問に進んでもらいたい。君のレポートは面白かった。閃きがあり、慎重な考察もあり、粗い部分もあったが誠実だった。磨けばモノになると感じた。俗社会の、などと言うと傲慢に聞こえるかもしれんが、学問から離れた社会に出すには惜しいと思った。できれば私の学問を継いでもらいたい。そのために支援したいのだ」この口調は真摯だ。だが——。

「でも、それなら」大学を離れるのは悪手ではないだろうか。

「私の郷里にも大学はあるのだ」ようやく手にしたカップに口をつけ、一口飲んで教授は言葉を次いだ。

「ミスカトニック大学という。ここほど世間一般に広く評価されてはいないが、学究を深めるにはむしろ良い環境だ。図書館には稀覯書《きこうしょ》も多くてな。あそこにしか無い書物も少なくはない。幾つかは写してきたのだが……。私は以前、あそこに勤めておって……、ここに来たのは私的な事情もあってのことだ」

「伺ってもいいんでしょうか？」

「息子をな」また一口飲み、「追って来たのだ」机の端にカップを置いた。

「キンシー……、息子の名だ。あれとは価値観の相違が色々あってな。期待をかけたのだが私の学問は継いでくれなかった。今の時代に神秘学など馬鹿らしいと言いおった。だが決定的に私とあれを引き裂いたのは……」額に手を当て微かに首を振った。老眼鏡の奥の青い目の表情は、手の陰になって伺えない。

「ミズ・ウツロギ、君は『自由の鐘』を知っているかね」不意に関係の無いような問いを投げかけた。

「フィラデルフィアにある――？」

教授は頷いた。

「キンシーとの断絶を思い出すたび、私はあの鐘に思いを馳せる。あの鐘にはこう刻まれている。『全地上と住む者全てに自由を宣言せよ』そして、罅が入っておる。作られて間もなく罅が入ったのだ。罅は年々広がり、ついに鐘は鳴らなくなった。皮肉な真実の表れだとは思わないかね。全地上と住む者全てに宣言された自由は完璧ではない。我々は、いや、私は、と言うべきか。狭量だ。全地上と住む者全ての自由を認めることができない。これが罅だ。鐘の音を濁し、妨げるのだ。キンシーが伴侶を選んだ時、相手はアングロサクソンではなかった。知的な階級でもなかった。私はあれらの自由を認めなかった。私が認めずとも、あれは婚姻の自由を行使する権利を持っておった。私とあれの……、父子の関係は破綻した。後悔してもし足りん」

沈痛の声に、「息子さん」愛理の胸も痛みを覚えた。「出て行かれたんですか」

「出て行った」教授は手を下ろした。青い目は静かだった。「このポストに招かれる前に知った。ボストンにおる。ここからは目と鼻の先だ。川向うの病院で医師をしておる。距離が縮まれば会う機会も作れるかと思うて来た」

「会われたんですか」

「いや……」再び教授はカップを手にし、口元まで持ち上げるでもなく、揺らぐ黒褐色の水面に視線を落とした。「臆病でな。距離が近くなると逆に怖くなってな。機会を作ろうともせなんだ。拒絶されるのではないかと、そればかり……。そして逃げ帰るわけだ。郷里《アーカム》に」ふ、と顔を上げ、「つまらん話をしたな」

「いえ……」

「私の身の上より、君の進路だ。どうする？　無理強いはせんが」

どう答えようか、と愛理は「私は……」思案に眉根を寄せた。「アングロサクソンじゃありません」

「差別主義者《レイシスト》の世話になどなりたくないと」

「そうではなくて」そうでもあるけれど。

ここは真摯であらねばならないだろう。教授の目に目を合わせる努力をして、「私の中にも罅があります。自由の鐘に入っているのと同じ……。この国の人にはここが母国なのに、私にはずっとみんなが外国人で。帰る場所がどうなったかわからない今もそうで……」そんな自分がこの老人に頼るのは正しい道だろうか。教授が一度は、他人種を拒絶したこと。自分の中の裏返しの偏見。アーカムという土地の気風は知らず、ただこれまでケンブリッジで薄いながらも構築してきた関係を捨て、唯一人にもたれかかる生活に、なんらかの無理は生じるのではないか。

単純に考えれば、渡りに舟の好ましい誘いであったとしても。

「君の中にもやましさがあると?」

「はい……」

「ふむ……」教授は今度こそカップを持ち上げた。ぐびりと喉仏が動くのが見えた。「私もな、君の進路を支援したいという気持ちの裏に歪んだ過去の罪滅ぼしの意識が混ざっているのではないか、と疑ってはいる。だが、そこに拘泥していては未来は手に入らん。互いのやましさも利用するつもりで前に進んではどうか」

「利用する……」

「私に利用価値は無いかね」

「あります! それは、もう!」

「君が伸びやかに学究の道を進んでくれれば私の心の罅も埋まる。これを利害の一致とは言わんかね」

(二)

ボストンの医療の中心といってよいチャールズ川南岸に建つ総合病院で、臨床検査医キンシー・アーミティッジは目の下の隈を日々色濃く塗り替えていた。五月の震災以来、ほとんど自宅には帰れていない。震災直後はむしろまだ余裕があった。単純な外傷が多く、患者との直接診療の無いキンシーの出番は少なかったのだ。今は謎の感染症らしきものに悩まされてる。

もう何日、可愛いルーシー、娘のルシルの顔を見ていないだろう。寝顔さえもだ。ただでさえ問題の起きやすい思春期だ。父娘の関係に致命的な亀裂でも入ったらどうしてくれる、と歯噛みした。白衣の下の胸ポケットにしまった写真を休憩の合間にちらりと見る程度しかできない。

少しくたびれた光沢紙の上で微笑むルーシーはキャラメル色の天使だ。

ルーシーの母はチョコレート色の妖精だった。まだアーカムに住んでいた頃、彼女はアーカムで只一軒の映画館でビスケットを売っていた。

ミスカトニック大学付属病院の駆け出し検査医だった頃、非番の日には決まって映画館に足を向けたものだ。何が掛かっているかなんて、タイトルも内容も気にかけなかった。ベルトの穴の数を気にしながら、いつもビスケットを買った。ビスケットより甘いチョコレート色の笑顔を網膜に焼き付けて帰った。

彼女の休みのシフトを尋ねた時には、心臓が口から飛び出そうだった。

初めて手を握ってミスカトニック河岸を歩いた時、心電計を付けていたなら劇的な不整脈を記録しただろう。

愛していると思っていた。彼女からも愛されていると思っていた。父の猛烈な反対は、時代錯誤な妄言だと思えた。

違ったのだろうか。自分の愛に、彼女の愛に、誤りや偽りがあったというのだろうか。旧いアーミティッジの家を出て、アーカムを出て、一緒に暮らすうちに彼を魅了してやまなかった笑顔は稀にしか見られなくなった。彼の嫌う金切り声をしばしば上げるようになった。彼が彼女を見下していると罵った。彼の父と同じ目で、彼女を見ていると。

そんなつもりは無かった。

本当にそうだったろうか。

無意識に彼女を追い詰めていなかったろうか。

ルーシーが自分でスプーンを使えるようになった頃、不意に彼女は行方をくらました。灯りが消えた部屋で一人泣いているルーシーを見出したあの夜の絶望……。

数ヶ月後、彼女のサイン入りの離婚届が封書で送られてきた。リターンアドレスは無かった。消印はシカゴだった。今もシカゴに居るのだろうか。それより西には行かなかったろうか。あの災禍は西の方ほどひどい状況だったと聞く。どのみち二度と会えそうにないけれど。

つい力がこもって光沢紙の皺を増やしそうな指を緩め、白衣の下に戻した。

検査室に戻ると、太った看護師が待っていた。看護師に肥えた者はなぜか多い。特に女性。不規則な勤務のせいか、と初めは思ったが、なら性差はどう説明する。医師との違いは何だ。医療機関に勤める者なら自身の健康にも配慮すべきだろう、と、キンシーは考える。

芋虫のような指は何やら封筒をつまんでいた。「先生宛です」と差し出した。

差し出された瞬間には、先程までの追想が脳裏を過《よぎ》ってよろめきそうになった。が、差出人の名は予想と違った。期待とは異なる懐かしい名だ。消印は無かった。

「病院に直接？」

「受付で先生の名を出されて、渡してほしいと」

「この病院のセキュリティはザルだな」

「ええ、でも、差出人のお名前」

キンシーと同じ姓が綴られている。懐かしい筆跡で。

「持って来たのは老人か？」

「若い女性だったそうですよ。東洋系の。中国人かしら？」

「何人だろうがかまわんだろう」当人でないのならば。「この国は人種の坩堝《るつぼ》だ。何系だろうが珍しくもあるまい」ええ、と看護師。

「捨てます？」

「いや……」クシャッと握りつぶしかけ、思いとどまり伸ばして白衣の下にしまった。旧い恨みこそ捨てるべきだろう。あるいは彼は正しかったのかもしれないのだから。彼は。父は。

「患者の容態は？」

「相変わらずです」

「悪化の兆候は無い、と」

「快復の兆候も、ですよ」

それが複数。程度はそれぞれに違う。キンシーの目の下の隈を濃くする存在だ。

共通していると思しき点はまず、流れる水を嫌う。

コップの水ならば問題無い。程度の軽い者ならコップから飲むことも可能だ。水道の蛇口をひねれば途端に悲鳴を上げて逃げようとする。コップや洗面器の水も波をたてると嫌がる。担ぎ込まれるきっかけは、家族や同僚の目の前でこの発作を見せたケースが多い。

程度の進んだ者ほど陽光を嫌う。日陰に隠れたがり、直射日光の下では硬直すらする。昼間の意識は朦朧《もうろう》として、夜になると目を冴え冴えと見開いている傾向がある。概ねおとなしく、水や日光でパニックを起こさなければ暴れることはなかった。

もう一つの共通点。皆、首筋の頸動脈の走るあたりに何かに噛まれたような傷痕が見られた。何か、尖った歯、牙でつけられたような痕……。

水を恐れる点で最初に疑われたのは狂犬病だ。蝙蝠などに傷つけられ、狂犬病に感染する者は時折現れる。しかし狂犬病の抗体は発見されなかった。症状も、知られているものとは微妙に異なる。狂犬病のようには進行しない。病原体は発見されない。

この症状と関連の無い抗体や病原体ならば見つかる。既知の、主に慢性の症状を引き起こす抗体や病原体ならば、いくつも見つけられた。元々治療中の者もいた。共通する症状の元凶のみが見つからない。

何より不思議なのは、噛み傷と見られる傷口が、いつまでも癒えず塞がらないことだ。

「もう一つ、共通点があったな」

患者は、主に、ケンブリッジとボストンを結ぶ地下鉄、レッドラインの利用者たちだった。

「いったい、何が起こってるんだ、あの地下鉄《レッドライン》で」

(三)

ボストンを走る五つの地下鉄のうち、チャールズ川に隔てられたケンブリッジとボストンを結ぶ路線がレッドラインだ。通称の由来はシンボルカラーによる。車体の下部がクリムゾンレッドに塗装されているのだ。大学の最寄り駅もあり、ケンブリッジに生活する学生たちにもよく利用されていた。五月の長い揺れが来るまでは。

レインボーパレードの日にハーリーが言っていた通り、レッドラインは復旧していた。

教授に着いてアーカムに去る前に、行方不明のハーリーを捜したいと愛理が申し出たところ、「見つからんと思うよ」老人は悄然と応えたものだ。

捜索願は出されている。少しずつ秩序を回復しているとはいえ、街はまだ混乱を残しているだろう。警察でも発見できぬ者が、顔見知りとはいえ一個人の、学生ごときに見出だせるとは思えない。しかし――。

「気持ちが収まらないんです。私が着いて行かなかったばっかりに……」

「着いて行っておれば、君も行方をくらましていたかもしれん。ハーリーは腕力では、そうそう遅れをとる男ではなかった。一方、君はか弱い女学生だ」

「……ハーリーは、あの日、傷ついていたんです、心が。私のせいで……。私が断らなければ、普段のハーリーだったなら、トラブルに巻き込まれずに済んだかも」

「気が済まんというのは解るとも」老教授は嘆息した。

「私にも気が済んでおらんことがある」ごそごそと紙の山を分け、便箋を引き出した。何かをしたため、封をして差し出した。

「ボストンに行くなら、お遣いを頼まれてくれんかね」

「これは？」宛先に目を走らせ、愛理は尋ねた。「息子さんに？」

「臆病を笑ってくれ。自分で出す勇気も無いのだ」老人は寂しく自嘲した。「孫娘がな、居るらしいのだ。許されるならな……、会うのは無理だとしても、写真だけでも送って欲しいと、当人の近況も教えてくれるものなら――。送り先は、ここも、アーカムに引き移る予定の番地も記してある」

「受け付けてもらえるかどうか」

「その時は諦めればいい」寂しげに微笑んだまま、「ボストンは、かつては治安の良い街だった。今はわからん。危ないと思えばすぐに引き返したまえ。手紙は二の次。君の身の安全が一番だ」

教授の言伝《ことづ》てをサコッシュバッグにしまって大学を後にしたのは午後だった。教授の厚意でバイト代は日当として現金で渡されていた。研究室に出入りするようになって以降は昼食も金銭の不安を覚えずに食べられる。カフェテリアでサンドイッチとコーヒーを胃に収めた後、レッドラインの駅に向かった。

アメリカの地下鉄というと治安が悪い、と日本では一般的には思われがちだったが、土地によって事情は様々に違う。ボストンのレッドラインは、よほど南に下らなければ危険はない。日本の地下鉄と大差無い、というのが穏やかだった頃の印象だ。むろん、油断してはいけないのだけれど。

ケンブリッジとボストンを隔てる川を渡ってほどなくの、チャールズＭＧＨ駅で下り、病院までは徒歩でも行ける。地震以来、初めて訪れるボストンは、さほど荒れてはいなかった。建物の損傷も目立たない（あの程度の揺れだったのだし、と愛理は思う）。人も、チャールズ河岸周辺は荒んだ様子は無い。何もかもが夢だったのかと思える。

病院は混み合っていた。大きな病院だから普段からこうなのかもしれない。漂う空気はどこかピリピリした刺激を含んでいた。非常時後の余韻だろうか。

総合受付で、キンシー・アーミティッジ医師宛にと封筒を差し出した時にはジロジロと上から下まで無遠慮に眺められた。こういう用件は多いのか少ないのか。自分の性別から怪しまれたのかもしれない。封書は受理された。宛名の人物まで届くかどうかは、祈るよりほかはない。

街は以前来た時と比べて閑散としていると感じられた。大学と同じく、みな、外出を控えているのかもしれない。パレードの時はどうだったのだろうか。人は集まったのだろうか。手に手に虹色の旗を翻した人は。

教授からは早く戻ってきなさいと言い含められ送り出されたが、愛理は虹色の幻を求めて歩き出した。ハーリーが消えた日の夢のような。今は片鱗も見せない。皆、どこに隠れたの。ハーリー、どこに隠れたの。あんなに目立つ派手なドレスを着て。

毎年パレードの終点になるというシティホールプラザ周辺をそぞろ歩き、気がつくと赤い煉瓦の線を踏んでいた。フリーダムトレイルと、その煉瓦のラインは呼ばれているのだと、平和だった頃に、ハーリーが教えてくれた。ボストン市内の史跡と史跡を結んでいるのだという。煉瓦をたどってゆけば、迷わず史跡を巡ることができる。「いつか案内してやるよ」そう言っていた。

楽しかった思い出を、哀しい想いで振り返り、赤い煉瓦を踏んで行った。南西に。墓地の脇を過ぎて、公園《コモン》をぐるりと巡る。天気は晴れだ。六月の朝夕は冷えるが昼には強い陽射しで暑くなる。昨年の秋もそうだったが、こんな気候の日は、ボストンの人々は驚くほど薄着になる。かつては肩も背も剥き出しに、くつろぐ人が、スポーツに興じる人たちも、あちらこちらに見られたものだ。今日はまばらにも見受けられない。

こうした場所は非常時の避難場所にも利用されるものだが、避難者のテントらしき影も無いのは街の被害が少なかったためか。

寂しく愛理は、広い緑地を見渡した。虹色のドレス姿の無いものかと探した。こんな容易く見出だせるものならば、とうの昔に見つかっているだろう。

教授は早く戻るようにと言っていた。

夏至も間近な日は長く、愛理に時間の経過を忘れさせていた。焼けつくようだった陽射しが和らぎ、風も心なし涼しく感じられるようになった頃合いに、ハッと我に返った。時計を見れば、もう、二十時を回ろうとしている。

緑地を横切り、チャールズストリートに出て、北東に向かえば駅に戻れる。急ぎ足に愛理は大通りを目指した。昼間は平穏な公園も夜になると不審者が徘徊するとの噂も思い出されたのだった。

（四）

黄昏のチャールズＭＧＨ駅の雰囲気は昼間とは一変していた。静かだ。目立って危険そうな人物は居ない。ただ、みな寡黙で、無表情で、動きもどこか機械的に、誰かに命じられたかのように到着する車両に乗り込んでゆく。人の数は昼間より多いように思えた。

不穏なものを感じた。駅構内が肌寒く感じられた。もう、こんなに強く冷房を入れていただろうか。

寡黙な人の列に混ざり到着した列車に踏み入った愛理を、ぎょっとした目で見つめた男が居た。麦藁色の髪の、前世紀の古典映画にでも出てきそうな少し古めかしい、アングロサクソン基準において整った顔立ちの。

入ってすぐ前の席に座っていた。愛理を見るなり腰を浮かせた。何かされそうで怯え、すぐさま愛理は隣の車両に逃げた。冷気が肌を打った。

誰も愛理を見なかった。先程の青年とは対照的に振り向こうともしなかった。車両内に人一人増えたことにすら気づいてもいないようだ。女性も男性も、髪の色の淡い人も濃い人も、肌の色の薄い人も濃い人も、無表情と無関心を顔に貼り付け、ひそりとも声をたてない。この国の人々ではあり得ない。

みなが薄着になる今の季節に、車内の群れは全員が肌の露出を抑えている。シャツの襟は一番上のボタンまで止め、襟の無い服ならばスカーフを、ストールを、きつくきつく巻き付けている。寒がりな愛理の方がよほどに無防備だ。

「君！」声が追いかけてきた。先程の麦藁の髪の男だ。

振り向いた愛理の仕草に、表情に、恐怖を見てとったのだろう。男は両手を、ピストルを突きつけられたように掌を向けて上げた。害意は無いと示すように。

見渡す限り、全身無表情な乗客たちの中で男一人のみが生きた感情を表していた。驚きと、痛みと、懐かしさ？

「ごめん、驚かせて」中途半端にホールドアップしたまま男が言った。「何もしない、しないから……」

眼窩に戸惑いの色を宿して自分の左右の手を見遣った。愛理が硬直したまま小さく頷くと、ぱたりと下ろした。

「忠告したかったんだ。君は次の駅で降りた方がいい」

何を言ってるのだろう、この男は。愛理の感情は恐怖から困惑にシフトしつつあった。川を渡ってしまえば二駅。歩けない距離ではないが、外はもう暗い。時間を考えれば最寄り駅まで乗りたかった。

「次の駅で降りた方がいい」先より語調を強め、男は、「気味が悪いだろう？　この列車は……、その……、僕も含め」周囲に視線を流した。

確かに気味が悪い。唐突に声をかけてきた男も、この状況で沈黙を守り続けている他の乗客も。

ドアはすでに閉じている。走り出した列車は密室だ。肌に感じる寒さのためだけでなく凍りついている愛理の傍から男は離れない。視線はさすがに愛理から逸した。むしろ、走る密室の中にある、あるいは居る、他の何かを警戒しているようですらあった。

ガタンと愛理を、立つ人々をよろめかせた振動の後、ドアが開いた時、安堵の息を吐いたのは男の方だった。無言の促しに従い、ホームに降り立とうとした時、「あら」と背後で女の声がした。若くはない、老いてもいない、どこか艶めいた声。振り返った視界の端で、男が絶望の色を浮かべていた。大きく見開いた青い両眼に。

声の主は、愛理が乗り込んだのとは逆の車両、そこまではたどり着かなかった連絡扉を開けて立っていた。

黒い影。

夏だというのに（六月は、この国では立派な夏だ）長袖の、タイトなラインで脛《はぎ》までを覆うマンハッタンドレス、裾の内まで入り込む長い黒いソックス、足には黒いパンプス。手首の上まで包む黒い手袋で袖の途切れた先の肌も見せない。肩から上は大判の黒いストールを頭まで、目深なほどに巻き付け覆っているが、ムスリムでないことは、ストールからはみだし流れ落ちる豊かな髪で見てとれた（ムスリムの女たちはけして髪を見せないのだ）波打つ絹のブルネット。

「あら」声は黒い女の唇からこぼれ落ちた。艶やかな声に相応しい、艶やかに赤い唇だった。同性の目にも蠱惑《こわく》的な。

「お客様がいらしたのに、教えてくれなかったのね」ネッド、と、これはおそらく男の名だ。柔らかくも咎めだてる響き。

「マダム……」呼びかけに応えた男の顔色は蒼白だ。恐怖に竦《すく》んでいるかに見えた。愛理の身も竦んだ。

「可愛いひと」女は今度は確かに愛理に向かって声をかけた。「戻ってらっしゃい。ここは目的の駅ではないのでしょう？」

思考するより前に身体は動いていた。ホームに下ろしかけていた足を戻した。目の前で扉が閉じた。列車は再び動きだした。愛理を閉じ込め、運び始めた。駅の淡くも心強い灯りを後に、闇深い地下線路の伸びる奥へ。

「わたくしの方をご覧なさいな可愛いひと」

言われるままに向き直っていた。女が、顔の上半分を隠していたストールの垂れ下がった端に両手をかけた。一動作のうちに引き上げ、寛《くつろ》げ、引き下ろした。肩まで。

波打つブルネットに縁取られた白磁の美貌が露わにされた。二つの熾火が見えた気がした。優美な曲線を描く眉の下。睫毛に縁取られた瞼の間に。

意識はそこで途切れた。

（五）

荒涼とした天と地だ。

どの土地よりも、生まれ育った街よりも、海を渡って着いた学舎よりも寮よりも、よく見知った場所に愛理は立っていた。「また此処に来た」とすら思わない。意識が騒々しい現実から離れれば、すぐさま虚無の天地はすべり込んでくる。否、窕城愛理を名乗って過ごす、あの雑然たる惑い多き日々こそが幻であり、変化に乏しいこの光景こそが『現実』ではないのか。

愛理の変わらぬ『現実』に、変化が生じていた。天地宇宙そのものである眼差しの意思による変化ではない。眼差しは変化に苛立っていた。拒絶しようとしていた。変化は抗っている。争い無き天地に闘争が生じようとしていた。

闘争の種は、大地に落とされた小さな黒い点だ。

愛理と比べれば小さくもない。体長はほぼ同じか、やや優る。全身が黒い。熟れた鬼灯《ほおずき》にも似た、火を吹きそうな両眼を除けば全てが黒い。手触りの良さそうな天鵞絨《ビロード》の毛皮をまとっていた。猫に似ている。猫ではない。猫よりも面長で、表情豊かな両耳は少し小ぶりで先端は丸みを帯びている。首から胴にかけて、四肢はさらにしなやか。ほっそりとして厚みを兼ね具え、内在する力を絞りあげ、野性の美を体現している。尾は鞭のように長く、産み落とされたばかりの今は緊張と敵意でピンと先端まで張り詰めていた。

そう、敵意だ。

天と地の間に産み落とされたばかりの獣は天地に敵意を向けていた。自らを産み出した存在に、違う、獣は他の場所から介入してきたのだ。それゆえの敵意だ。黒い獣は敵愾心《てきがいしん》を剥き出しに吼《ほ》えた。漆黒の中に赤と白が閃いた。獣の口蓋の内側と舌と牙の色だ。顔の先端に向かって細く優美に閉じられていた顎は、開けば広く大きく発達した肉食獣のものだと自らを明らかにした。

静寂でしかなかった天地を、咆哮が震わせた。天地は咆哮を吸い取り、元の静寂に還した。黒い獣は不機嫌に唸りながら、足音をたてず愛理の周りに円を描き歩いた。円が小さくなってゆく。終点で、予想違《たが》わず獣は愛理に襲いかかった。仰向けに押し倒された。

恐怖はわずかだった。天地の支配者たる眼差しの許可が無い限り、何者も愛理を害せない。眼差しは許諾しなかった。獣は愛理を押し倒したまま牙も爪も立て得ず、裂けた口の合間から舌を炎のようにひらめかせ、燃える鬼灯の両眼で睨《ね》めつけるのみだ。

獣の体重と体温が、接した箇所から伝わってくる。爪をしまい込んだ、人の手ほどもある前足が愛理の胸を押さえつけていた。狙いすましたように心臓の真上。息苦しいほどではない。ただ、そこに心臓が在るのだと、愛理は思い出した。倒れている身体が虚ろではないのだと思い出した。心臓は、いつもより速いリズムで脈打っていた。怯えている。わずかだが怯えている。

一欠片の恐怖のうちに、睨めつける朱い両眼を美しいと思った。この天地で意識されたことの無い意識の動きに驚いた。静寂が破られた。咆哮ではない。獣の聲《こえ》ではない。天地そのもの、宇宙そのものである眼差しが、怒声を発し、世界を揺るがしたのだった。

夢の続きも、胸をそっと押さえるささやかな圧だった。息を吐き瞬きをするや、圧は消えた。真っ先に視界に入ったのはコンクリートで塗り固められた天井だった。ＬＥＤの灯りが白々とざらついた面を照らしている。

「気が付いたのね」艶やかな声が耳朶《じだ》を打った。顔を向ければ傍らに女が座っている。地下鉄で声をかけてきた黒い女だ。反射的に愛理は身を竦めた。

「怖がらないで可愛いひと」変わらぬ口調で女は続けた。車内で燐火が点っているように見えた美貌を飾る両眼は、煙水晶《スモーキークォーツ》の色に烟《けぶ》っている。燐火など無い。「突然に倒れられたから、駅員室で長椅子と毛布を借りました」見回せば、言葉どおりの状況だ。「きっと貧血を起こしたのでしょう。疲れていらっしゃるのね、可哀想に」声はあくまで優しげだ。

　怖がらないで、と言われても、外で無防備に倒れてしまった状況は怖い。愛理は素早く自分の身体をまさぐった。ブラウスが第三ボタンまで外されている。

「苦しそうだったから、少し緩めました。それだけ」と、問わぬ間に女の答え。「ね、怪我も何もしていないでしょう？」身体についてはその通りだった。

「それと、これ」愛理が倒れた際に落としたのだろうサコッシュを女は差し出した。「中身を検《あらた》めて。貴重品が無くなっていないかどうか」何も失われてはいなかった。

　つまるところは、体調不良で倒れたところを、きわめて親切な通りすがりの女に救われたということだろうか。不審の念を拭いきれぬまま、愛理は身なりを整え、礼を言った。女は笑った。

「わたくしのことを疑っているのでしょう？　身なりもこんなふうだもの」立ち上がり、ファッションモデルよろしく、その場でターンした。季節外れの長袖、長い裾。肌を見せることを厭《いと》うような。

「わたくし、実は、陽光に、なんて言ったらいいのかしら？　アレルギー？　が、あるの。陽の光を浴びるとこの肌に」と、袖口から手袋の端を引き出し、めくって白い肌を露出させた。「火脹れができて瘡蓋《かさぶた》だらけになってしまう。そういう病気、ご存知ないかしら」

「え……え……」頷いた。そうした難病が稀にあるとは何かの記事で読んだことはある。

「今が現代で良かったこと。中世なんかですとね、迷信でほら……」

血なまぐさい迷信についても耳目にした経験はある。『退治された』とされる対象の中には、言われるとおりに難病患者も混ざっていただろう。現代人の感覚ではそう認識できる。

「でもまだ治療の方法は見つからなくてね。ですから、わたくし、こんな格好で、こんな時間に地下鉄に乗るの。地下鉄の乗客のみなさんがわたくしのお友達。優しい方々よ」

「レッドラインは今まで何度も使ったことあるけど」彼女の噂を聞いたことすら……。

「引っ越してまだ間が無いの。ほら、例の騒ぎでわたくしも色々あって」

「はあ……」五月の地震以降の学外での出来事には、確かに疎い。

「あら、ごめんなさい、自分のことばかり。あなたは、向かわれてた方向からすると、家に帰る途中?」

「寮です」ぽろっと言って、しまったかもしれないと思った。見た目に親切そうな女性とはいえ、プライベートな断片を初対面の相手にこぼしてしまった。

「警戒しないで」表情を読み取ったか女は、たおやかに右手を上げて、愛理の動作を抑える仕草を見せた。「時間も遅いから、ボディガードを付けてあげようと思ったの」背後に頸《くび》を傾け「ネッド」と呼んだ。

どこに控えていたのだろう、麦藁色の髪のあの男がぬっと現れた。

「彼のことも警戒しないで。温厚な人よ。車内でも何もしなかったでしょう?」

「私に、すぐに降りろと……」

「わたくしと地下鉄のお友達の語らう時間を守りたかったのね。ネッドは身の回りの世話をしてくれているの。心配性が過ぎるのが欠点。おとなしい人だけど、連れがある方が夜道も安心でしょう」

連れにもよるだろう、と胸の内で反駁《はんばく》しつつ「でも、あなたは？　その間、一人になるけれど」反論にもならない言葉を返していた。

「わたくしなら大丈夫。この時間帯に地下鉄に来る人たちとはみな、お友達になってますもの」信じ難いことを言う。なのになぜか信じてしまう。「ねえ？　ネッド」ネッドも肯いた。陰気な表情が気にかかったが押し返せなかった。

「あなたもわたくしのお友達になってくださらない？」女は重ねて押しつけてきた。やんわりと、なのに撥《は》ね返せない。煙水晶の眸と目が合うとなおさらのこと、魔法にかけられたみたいに言いなりになってしまいそうだ。

「私……、普段は夜に地下鉄使わないから」精一杯の抗いだった。

「なら、昼間、わたくしの家にいらしてちょうだい。陽のあるうちは外に出られないけれども、午後には起きています。都合の良い時間を教えてくださったら、ネッドを迎えに行かせます」

言われるままに頷いていた。魔法には、確かにかけられてしまったようだ。

「二日後、そう二日後がいいと思うの。どうかしら」たたみかける女に問題無いと応え、「お名前……」やっとのことで問いかけた。「貴女の名前は？　友達なのに名前も知らないなんて、ないから……」

「あら」女はふんわりと微笑んだ。「おっしゃるとおり。でも、尋ねる側から名乗るものよ」

「愛理……。エリです。エリ・ウツロギ」

「あら」女は何度目かの、あら、を繰り返し可笑しそうに名乗った。「不思議な巡り合わせね。わたくしもエリというの。エリ・ジョクラス。あなた幼く見えるけれどお幾つ？　お酒は飲めて？　もうひとりのエリ」

もう大人だと、お酒も少しは、と返した。

終電までには余裕で間に合った。実のところ心配の必要すら無かった。時刻を問えば、「夜の九時を少し回ったところ」と教えられた。気を失っていた時間は、ごく短かったようだ。再び何事もなく、ホームに入ってきた列車に乗り込んだ。周囲の人々が異様に沈黙を保っているのは同じだが、どこかひんやりと肌寒い空気も同じだが、今度はネッドも降りろとは言わない。

「あの……」おずおずと声をかけた愛理を、ネッドは頭一つ半も上から見下ろした。今更に相手の背の高さを意識した。自分の小ささも。

「なんでしょう」問い返したネッドは、思い詰めた表情をしてはいるが、警戒はしていない。彼がマダムと呼んだエリが現れる前と違って。

「あの……、エリさん……」自分の名を唱えるようで妙な気分だと考えながら、愛理。

「マダムですか」

「どういった方なんですか?」

答えにくい質問だったのだろうか。ネッドはすぐには口を開かなかった。やがて、「寂しい方です」ぽつり答えた。

「家はどちらなんですか」

「ボストンの――」途中からネッドの答えは愛理の耳を素通りしていた。ボストンの住人ならば、ハーリーを見たかもしれない。いやいや、ボストンも広いのだから、そう都合良くはいかないだろう。いや、けれども、あの日、ハーリーはとても目立つドレスを着ていた。すれ違っただけでも記憶に残るのではないだろうか。

「明後日」と愛理は言った。「明後日、そちらに伺います。教授の手伝いがあるんですけど、午後にはきっと用事は一段落ついているだろうし」

「迎えに行きます」生真面目な返事に、「明後日にはもっと、もっと、ゆっくりお話ししましょうね。マダムとも。あなたとも」

「マダムの許しがあれば」ネッドの返答は固く、どこか苦《にが》かった。

（六）

研究室は当然、閉まっていた。教授には電話で、帰りの遅くなったことを詫びた。

「いや、君も大人なのだから自分の時間は自由に使ってかまわんよ。ただ、まあ、あまり心配はしたくはないものではあるな」余計なお遣いも頼んでしまっていたことだし、と、電話口の向こうでアーミティッジ教授は、どこか娘への説教を堪える父親めいた口調で応えた。

部屋に戻ればバーサ・Lが光る目で、「遅いお帰りね」と言った。

「そう？」軽く受け流して着替えを取り、バスルームに向かおうとした愛理に、「何時だと思ってるの」追い討ちをかけた。

「朝帰りしたわけでもないでしょ」愛理は反撃に出た。「どうして、あなたに咎められなきゃならないわけ」教授だって怒らなかったというのに。「あなたの許可がなきゃ、日暮れ前に戻らなきゃいけないってルールでもあるの？　どこに？　この寮に？　聞いたことも無いけど！」

「心配してたのよ」

「それはごめんね、ありがとう」

「そんな言い方って！」

「どう言えっていうの！　あなたは私の何？　ただ同室で寝起きしてるだけの人でしょ！」

珍しくバーサが怯《ひる》んだ。「私は……」唇をわななかせ、「友達になりたいって……」

「方法を間違えてる」ハーリーを悪く言ったり……。そう、彼女が手ひどくなじった日にハーリーは消えたのだ。心に深く傷を負ったまま。

「心配だったのよ」

「心配しないで」先手を打って封じた。「余計なお世話だから」

バーサを黙らせなければ次に何を言うか、わかる気がした。彼女はきっと見ていただろう。背の高い麦藁色の髪の男が、ネッドが、寮の前まで愛理を送ってきたところを。

アメリカに来て、愛理はけして奔放に遊んだりはしてこなかった。多少風変わりなボーイフレンドがいたにせよ。他の女学生の方がそうした面よほどにお盛んだろうに。だが、バーサは愛理の相手は自分の眼鏡に適う男でなければ、と思い込んでいるようだ。厳格な保護者でもあるように。

これから本当の意味で保護者になるかもしれないアーミティッジ教授だって、こんなに過干渉ではない。厭気がさす。

他人に悪感情を抱くなど稀だったが、愛理はバーサ・Lに対して、心底うんざりした心持ちになっていた。

今までは争いたくなくて、摩擦を避けて宥めるように振る舞ってきた。これからは彼女に対して断固とした態度に出よう。ハーリーの時みたいなことが二度と繰り返されないように。

「お祖父ちゃん……」窕木愛理がバスルームに消えた後、枕の下から取り出したスマホに向けてバーサ・Lは話しかけた。スマホはバーサが手にする前からずっと通話中になっている。「どうしよう……あたし、無理だよ。あの娘《こ》、制御できない」何か癇癪を起こしたような声がスピーカーから漏れてきた。

「怒らないでよ。思い出して。そもそも、あの娘を見つけたのはあたしでしょ?」あの方が付けた印を見つけたのは。

九月だった。窕木愛理が日本の大学から編入してきて間もなかった頃。お互い、打ち解けてもいない一方で警戒心もさほど無かった頃、暑い日だった。二人とも汗にまみれてしきりに服を着替えた。二段のベッドの上段で着替えて下りる途中、下段で着替えている彼女の胸に、左乳房の上部に見つけた。すぐに隠されたけれども忘れない。くっきりと浮かび上がった痣。炎の眼の形の——、あの方の——。聖なる御子を宿す器の印だ。

スマホの声が、挫けそうになっている孫娘に激励を伝えてきた。助けは必ずある、と。我らは正しき道《ライトウェイ》を歩んでいるのだから、と。

「うん、わかった。なんとか頑張ってみる。器は守るよ。人の男なんかに手出しはさせない」バーサ・L・ライトウェイは、力を取り戻した声で応え、通話を切った。

来るべき時、あの方と契るはずの、神の花嫁に選ばれし約束の娘《エリ》、人の男となんか関係は持たせない。その時が至るまで清らかなままに保つのだ。ハーリーは始末した。新しく近づいてきた男もなんとか……。お祖父さまだって手伝ってくださる。

だけど、と、バーサは窓の外の闇を透かし見た。怖かったのはあの男じゃない。背は高くとも麦藁色の髪の男は普通の男に見えた。背の高い男程度はざらに居る。怖かったのはそのずっと背後。物陰に潜んで明瞭には見えなかった。影。身を屈めた猫のような、猫にしては巨大すぎる、この大陸では、飼育下以外では棲息しているはずのない黒い獣を思わせたモノ。

——なんとか頑張ってみる——

通話の末尾が伝えてきた孫娘の声に、虚勢の響きを老ライトウェイは聞き取った。何かに怯えている。怯えさせる何者かが器のそばに存在するということなのか。いや、我が孫とはいえ、所詮は小娘だ。印も持たずに生まれてきた並の娘にすぎない。

孫娘に失望させられたのは何度目か、と数えだした。最初が生まれた日だ。我が正しき道の家にこそ器を賜われ、と望んだにもかかわらず、何の変哲もない並の娘として生まれてきた。成長の途上にも印は現れないかと期待をかけ、かつてあの方の花嫁にと見込まれた女の名も与えたのに、甲斐は無かった。

あの娘以外に孫が得られなかったのも無念の極みだ。息子夫婦はあの娘のみ遺して身罷った。不運だった。頼りなくとも、あれに祭祀を継がせるしかない。皮肉なことだ。あれが器として生まれておれば、祭祀を継がせることは逆にかなわなかったろう。

あれから器を見つけたという報が入った時には、初めて孫を褒めてやりたい気持ちもこみ上げてきたものだが……。これもまた皮肉だ。誉れ高き我が一族の裔《すえ》からではなく、よりにもよって、前世紀半ばに世界を汚した島国の、黄色い猿の群れからつまみ出されるとは。いや、御心を疑ってはならない。あの方は人智を超えて広大無辺、公平でもあられるのだ。それに聖なる花嫁と言っても所詮は使い捨ての器。胎が役目を果たせればよい。

五月の変事も好都合だった。何やら大洋にルルイエが浮上したとも聞くが、忌まわしき古き神々の大司祭を名乗るモノの消息は、その後聞こえてこない。おそらくあの方の御威光によって討たれ滅びたのであろう。なにしろあの方は、惑星どころか全宇宙にしろしめす一にして全なる方なのだから。いや、あの変事によって花嫁は、母国を喪ったと聞く。天涯孤独の身になったという。好都合だ。捧げられる者に縁故など要らぬのだ。もう一つの吉報も、あの変事によってもたらされた。だとすれば、例のおぞましき海魔の復活も、あの方の謀《はかりごと》の一片やもしれん。さすがは一にして全なる御方、大いなるご意思よ。

現在の問題としては花嫁の素行が好ましくない。器の管理が心許ないのだ。孫が不甲斐ないからだ。老ライトウェイは、いま一つ、孫娘への落胆を付け加えた。不甲斐ない。周囲をうろついていた只の人間である男でさえ持て余していた。始末に手を貸してやらねばならなかった。

苛立ちに端末を握りしめた手を、ドンと机に衝いた。

ドン、と応える音があった。床の下から、老ライトウェイの思念に応えるかに、ドン、ドン、と衝き上げてくる。

「うるさい！」老ライトウェイは、衝き上げる音にも勝る音をたて床を踏みつけた。「鎮まれ！　餌はこの間、喰わせてやったばかりだろう！」虹色に着飾った、悪趣味に化粧した大男を。

プライドパレードの日、表面は浮かれ、眸に虚ろを宿した男はすぐにそれと判った。あらかじめ孫から連絡を受けていた。

こちらも馬鹿馬鹿しく着飾って虚飾の虹色の旗を振り、見るからに愛想の好い老人を装い近づけば他愛なかった。失意の人間の隙につけ入るのは造作も無いこと。ルージュの塗りたくられた男の分厚い唇からこんこんと湧き出す苦悩を右から左へ聞き流し、わかる、わかると相槌を打ちながら飲み物を勧め一服盛ってやった。過剰に酩酊し、正体を無くしほとんど木偶《でく》となった男を家まで導けば、後は床に取り付けた地下室の扉を開いて蹴落とすだけだ。

光の一筋もささぬ闇に落ちてゆく虹色。沸き立つ闇。闇に潜む者たち。光の一筋にも耐えられぬ者たち。飢えた闇そのものの、獲物を出迎える歓喜の合唱は、破滅の只中に墜ちた男の悲鳴さえも呑み込んだ。恐ろしくて確かめもしていないが、目玉も、肉の一片も残してはいまい。

闇に潜む者たちは早くも飢えてきている。忌々しい連中だ。しかしあの者どもも、本来は高貴な使徒なのだ。あの方の力の一部なのだ。養ってやらねば——この身が喰われぬように。老ライトウェイは焦りに爪を噛んだ。どのみち餌は調達せねばなるまい。新たに器に近づいてきているという男を、またどうにか、ここまで連れ込むか。暗黒の地下室に蹴落として、飢えたやつらの贄とするか。どうやって？

懸案《けんあん》は他にもあった。

傀儡《くぐつ》たる塩の兵らは未だ行方知れず。そして輝くトラペゾヘドロン。あの方の全能を取り戻すためにも、使徒を闇より解き放ち使役するためにも必要なもの。プロヴィデンスの岸に打ち上げられたと知れたは良いが、たちの悪い古物商どもに先を越された。気づいた時には十数もの業者の間を転々としていた。

正しき者以外の手元に留まる性質のものではないゆえ流転は致し方ないといえ、いっかな正しき者の手に戻らぬとは、如何なることか。太古、あの方を呪ったという狂える詩人の為せる業か。あの方よりトラペゾヘドロンを奪い、最後の正気で呪ったという、全てを記すを試みたアラブ人の魂魄《こんぱく》が、今も災いをなしているのか。身の程知らずめ。死ぬことも叶わぬままに破滅して、現代に至るまで世界を彷徨っているらしいが、見つけ出したら生きたまま膾《なます》に切り刻んでやろう。いや、問題はトラペゾヘドロンだ。転売に次ぐ転売の後をたどり、最後の業者に買い取りを打診すれば、足元を見て、とんでもない値をふっかけてきた。仕返しに毎夜悪夢を送り込んでやっているが。新月の夜には使徒の影をも垣間見せてやっているが、かなり図太い鈍感で強情な男だ。さすが、あれを今まで持ち続けてきただけのことはある。あやつ、いつ、値ではなく音《ね》をあげるだろうか――。

先程机に打ち付けた拳から、こぼれ落ちていた端末が震えた。ディスプレイには最近知ったばかりのナンバーが表示された。孫娘のものではない。

老ライトウェイこと、バーサ・Lの、バーサ・ラヴィニア・ライトウェイの祖父であるオリバー・ライトウェイは――、遠い昔にダンウィッチを追われ、姓を偽り、ボストンに漂着したウェイトリイの末裔は、苛々と爪を噛んでいた口の端を、やがて邪悪に歪めた。

第四章　王なき海辺の王国で

（一）

窕城愛理を送った後、ネッド・ブレイクは主と別れた駅に戻らなかった。実際には主とは一瞬たりと離れてはいなかった。音をたてぬ絹の足裏で忍び歩いて、愛理とネッドの後をつけてきていた。

「もう、人目もございません」言うや、夜の街路に跳び出し彼の足下に駆け寄った黒い獣は女に変じた。あるいは、女が今まで、獣の姿に変じていたのだ。

「そなた、あの娘を逃がそうとしたな」獣であった女、女である獣、ネッドの主であるエリ・ジョクラスは笑みを含んだ声で咎めた。

「わたくしが見咎めた時のそなたの顔――。鏡に映して見せてやりたかったわ――。羨ましいの、そなたはまだ鏡に映る。我が牙を、娘の喉に立て得なんだ時には、さぞや良い気味と思うたであろう。だが」と、女主人の声は傲岸の響きを強めていった。「わたくしの狩り場に迷い込んだ獲物、みすみす逃すわたくしではない。たとえ邪魔立てする者が異界の神であったとしても、いずれ必ずや、かの細い喉にこの牙を埋めてやろう」

エリ・ジョクラスの煙水晶の眸の奥部に熾が点った。熟れた鬼灯色へと変じていった。愛理が地下鉄で意識を失う寸前に目撃し、荒涼たる夢の内にも見た色だ。荒々しく怒れる飢えた色だ。魔性の色だ。

「そうそう」エリ・ジョクラスの眸の炎が消えた。柔和に微笑みかけ、「そなたがあれを逃がそうとした理由が解ったぞ。東洋人の顔は、わたくしにはあまり見分けがつかぬのだが、着いてゆくうちに思い起こされた。面影がある。まさか近親ではあるまいが、よく似ておる。そなたが想いをかけておった、あの……、ア……、Aで始まる名であった」

「アナベル」従順な従卒が答えた。「そう呼んでおりました」――それは彼女の真の名ではなかったのだが――。

「アナベル」女主人が復唱した。「アナベル・リイ、アナベル・リイ、そうであったな。そなたのアナベル・リイ。確かに至上天使にくれてやるのも惜しまれる血の持ち主であった。わたくしはあの娘で学んだのだ。血の味は皮膚の色では決まらん。何色の肌の下であれ、血管を流れる血の色は赤。肌の色も眼の色も髪の色も血の味を左右はせん。個々の資質が、日々の暮らしが、心がけが、血を美味くもし、不味くもするのだ」

愉しげにネッドの、自分の顔よりも高く位置する頸に手をかけ肩に腕を巻き付け、「そなたのアナベル・リイを、いま一度我がものとするぞ」

「彼女の名はアナベルではありません」

はっは、と、夜気を笑いで震わせ、エリ・ジョクラスは腕を解いた。「そうであった。あの娘はエリ。わたくしと同じ名前。可愛いエリ。わたくしはわたくしを手に入れるぞ」高く天に向けた視線を戻し、

「ネッド」と従僕を呼んだ。

「部屋に戻ったら、サングリアを用意せよ」

「しかし」人の飲み物など、女主人には無用のはず。

「客人が来る」明後日、と付け加えた。「もてなさねばならんからな。わたくしの血《サンジェ》で」黒衣の女は、するり身を離すと先に立って歩いていった。その足に着いてゆく影法師は無い。夜とはいえ。

彼女の名はアナベルではなかった。ふとした遊び心で呼んだのだ。当時、入れ込んでいた詩人のせいもあった。彼女のファミリーネームがリイだったせいもあった。彼女の本当の名を、彼が正しく発音できないせいもあった。

「あなたたちは」と彼女は言った。「あたしたちの発音を笑うくせに、あたしたちの言葉はてんでまともに喋れやしないじゃない」勝ち気な娘だった。

海のほとりだった。人生の陽はまだ中天にも届いていなかった。彼女は若かった。彼も若かった。かつて人であったネッド・ブレイクは、その時、青春と呼ばれる季節に居た。

ネッドの父は貿易商だった。彼女の父は海運を担っていた。彼女の父の持ち船が港に運び上げた荷を、ネッドの父が買い取り売りさばく。それは時に茶葉であったり、透ける白地に青く絵の描かれた陶器であったり、毛皮であったり。ボストンの上流階級の生活を、社交を彩る物品だった。ボストンには階級があった。ブレイク家は、下層ではないものの上流とはいえなかった。富裕の家には商品を届けに上がるのみ。

父は客先へ納品に向かい、ネッドは船着き場に荷を引き取りに向かった。もう任せてもよい歳だと、父が判断を下したのだ。そしてリイ氏に引き合わされた。平な顔の、背の低く、長い髪を三つ編みにした初老の男。

海のほとりだった。港だった。移民の集う街だった。最初の移民が降り立ってから、四百年近くが経過していた。元にこの地に住んでいた者たちは西へ、内陸へと追いやられ、不実な新参者への恨み言のみ遺し去っていった。煉瓦の街並みを築いたのは移民たちだ。

みなが移民だったのに、彼らの中にも優位と劣位があった。旅立った土地により、時期による。越えてきた大洋の名にもよった。先に着いた者ほど優位に就けた。ボストンの礎を築いたのは大西洋《アトランティック・オーシャン》を越えてきた者だった。彼らの肩幅は広く、胸板厚く、彫り深く、色素の薄い肌には血色が透けて見えたものだ。彼らが原住民を追い散らしながらこの新大陸を横断し、西岸に着いた後に、アジアから平坦な顔の、黒い髪を伸ばした小さな者たちが太平洋《パシフィック・オーシャン》を越えてきた。小さな者の中には、ベンガル湾、アラビア海を逆に周り、大西洋ルートをとる、より長い旅路を経た者もいた。見た目には区別はつかぬながら、彼らの間にも貧富の差があった。ボストンに停泊し、定着したのは、財持つ小さな者たちだった。

「しかしね」と、財持つ小さなリイ氏は言ったものだ。「私どもがいくら良い品を選んで運んだところで、あなた方は私らを真には受け容れてくれんでしょう」西の方から、小さな新参者を排斥する声が聞こえてきた頃だ。「あなた方は自由と平等を唱える。それはあなた方だけの自由と平等だ」黒人奴隷が解放された後も社会は隷従する労働力を求めた。酷使されるのは新参の、アジアから運ばれた貧しく小さな者たちだ。彼らは同時に社会から忌まれ弾き出され続けた。西岸での搾取と排斥の激しさは、人々の舌に乗り噂となって東岸まで届いた。

リイ氏は不安に、たびたび激昂した。「我々はあんた方の自由と平等の輪に入れん！　同胞になれん！　なぜ？　信じる神が違うからか？　洗礼を受け、日曜に教会で祈れば受け容れてくれるのか？　そんなことはあるまい！」

激した後は決まって、茶を一口啜り、こんな話は父君には伝えんでくれ、と、締めくくった。リイ氏はネッドを、彼の若さゆえに、若さの潔癖を信じているようだった。油断していたようだった。娘との関係をどう思っていたか、把握していたかは知りようがない。

リイ氏の船着き場で、いつも男装して帳簿を抱え、引き揚げられた荷の間を行き来していた彼女は快活な少年に見えた。女で、しかも成人していると知って驚いた。華奢な身体を袍で包んで、女性らしい曲線はほとんど覆い隠されていた。抱きしめてみないと、その身の柔らかさはわからない。布の層に隠された金脈だ。袖を持て余す撫で肩に、袖口から覗く細い指に、娘らしい愛らしさが感じられた。まるでつるりと殻を剥いた茹で卵のような顔に、一閃、けれど渾身の鑿《のみ》を入れたと見える繊細な眼と花弁の口許に、天使の祝福をネッドは感じた。小さな鼻も天使の指がつまんだものだろう。愛でたものだろう。

ネッドの家族や縁者の大柄な女たちと比べて、彼女は幼く見えたが、巴旦杏《アーモンド》に開いた瞼の合間、黒玉の眸には成熟と知性があった。あなたと同じ歳よ、と、初めて会話を交わした日にネッドは言われた。彼女は、当時の基準としては、婚期を逃していた。

「あれは男に産まれるべきでしたよ」リイ氏は娘についてそう言った。一人娘しか居ない悔しさもあったろう。息子が欲しい気持ちもあったろう。娘の利発さを惜しむ気持ちもあったろう。が、「女は自分の人生を選べませんからな」むごい一言は、彼一個人のみの価値観ではなかったはずだ。

「良い夫を得て子をもうける。それ以上も以下もありません」リイ氏は娘の将来は案じても、『自分の人生』を与える気は無かったようだ。「良い相手がおりませんでしてな、故国からこうも遠く離れて親戚とも連絡が取れない」ネッドを娘の『良い夫』の選択肢に入れてもいない。

リイ氏の理想から外れた人生については、「西で女たちが、どんな暮らしをしているか耳にしたことはありませんかな」と、語る。

アジアから大陸の西岸に渡った女たちは、ほとんどが身を売る境涯に落ちている。「貧しさがいかんのです。男にも貧しさは害になる。しかし女にはより毒になる。落ちるのは容易く底が無い。かといって女に立身出世など」リイ氏は汚らわしげに吐き捨てた。「我が子が紫禁城の女怪の如きになり果てるのはご免ですからな」

独立と自由を勝ち取る二つの戦争が勝利を以て終結しても、その話を聞かせても、リイ氏はこの国を信用しなかった。袍をシャツとズボンには着替えず、辮髪も切らなかった。「私どもは根無し草なのですよ」と言った。「西からの火が、いつかこの地に燃えつくすでしょう。我らはようやくたどり着いた港からも追われるでしょう。しかし、我が父祖の土地も荒れ果て、帰るべき場所とても無い」

「ボストンはあなた方を守りますよ」慰めても、「そう願いたいですな」応える声は暗かった。

「あたしたちはこの地に根を張らなきゃ」彼女は父とは意見を異にしていた。彼女は自分の人生を生きたがっていた。「父さまは悲観的すぎなの。ここに暮らす人は、みんな海から流れ着いた人でしょ。流れ着いて根を張った人たちでしょ。あたしたちもそうならなきゃ。なれるはずよ」

「そのために僕を誘惑するの？」

「野心のためなら、もっとお金持ちな人がいいな。立派な屋敷を持った」

「君のために屋敷を買うよ」

「嘘ばっかり」

「本気だ。君を貴婦人にしてみせるよ」

「何十年かかるかしら」

何十年経っても無理だったろう。貿易は、彼らのような上流のための荷の取り引きは、稼げなくなっていた。上流という階級は消えつつあった。世界の経済が形を変えようとしていた。ブレイク家もリイ家も父たちは舵取りに苦しんでいた。自分の人生を望みながら切り拓く術も見出だせぬまま、若い二人は倉庫の陰で抱き合い互いの唇を貪った。家族たちは喜ぶまい。

彼女の真の名を教えてもらったのは、そんな逢い引きの最中だった。三つの複雑な文字を彼女は指先で床に書き、これが、と「李」という字を指し「あたしたちの一族の名前」残る二文字を指して、こちらが自分個人を示す文字だと言った。「声にできなくても意味は覚えて。愛の理《ことわり》という意味よ」

彼女の真の名を彼は声にはできなかった。代わりにアナベルと呼んだのだ。愛読していた詩にちなんで。ロマンティックな詩のヒロインの名だと、彼女には伝えていた。海辺の王国で——ボストンはまさに海辺だ。王は捨てたが——天使も羨む恋をするのだと。悲恋の詩であることに、哀惜の詩であることに、当時、彼の考えは至らなかった。若かった。悲劇の意味を知るには若すぎた。不実でもあった。彼女は、その詩を読んだことも無ければ詩人の名も知らなかった。

不実の報いはあった。

軽はずみな若さの報いはあった。

どれほど彼は……、思慮浅く不実なネッド・ブレイクは悔いたろうか。アナベルなどと呼ぶのではなかった。あんな幸薄い名で呼ぶなんて。

けれど、彼から彼女を奪ったのは、天上に舞う至上天使などではなかった。

天使ではなかった。

天使は羨んでいたとして、指一本動かしはしていない。

あるいは去った。そのためか。

彼のアナベル・リイを凍えさせたのは、夜半の冷たい風ではなかった。アナベル・リイを摘み取ったのは、港に着いたばかりの船に積まれていた——、その時分には珍しいほどの長い航海を経てやってきた船の底に潜んでいた悪魔だった。

（二）

吸い尽くせば鬼になる。一口ならば木偶にもならぬ。木偶には使い途があるが、役にも立たぬ鬼を殖やすことには、エリ・ジョクラスは消極的だった。自分と同じ、陽光を厭《いと》う者、血に渇き夜を彷徨う者。役立たずな上に、狩りの競合者となる。彼女と同等のモノにはけしてならない。彼女と同じ存在になるためには、祖の杯を賜わらねばならぬのだ。

彼女に劣るとはいえ、彼女に逆らえぬとはいえ面倒な存在だった。吸い殻である鬼どもは。要らぬのだ、そんな者たちは。

木偶には使い途がある。彼女の真昼を護るため、彼女の棺を運ばせるために陽光の下を歩ける、僕は必要だった。好んではいなかった。意思持たず唯々諾々と従うだけの者は。

キッチンで、客人のために赤ワインに果実を浸け込んでいるネッド・ブレイクには一度しか牙を立てていない。ネッドは彼女に最も長く仕えた者ではないが、この大陸に来てからは長かった。彼女を最も長く深く憎んでいる者ではあるだろう。木偶にしないのはそのためだ。ネッドの憎悪はこの百数十年（数えるのも飽いてしまった）彼女の無聊《ぶりょう》を慰めてきた。あの娘を逃すまいとしたのは、ネッドの憎悪をより深く救いの無いものにするためでもあった。どれほど憎んでも彼は彼女に逆らえない。ただ一度でも、血の接吻を受けたからには。逃したい娘を絡め取る罠を仕掛ける支度を手伝っている。

木偶ではないネッド・ブレイクは、陽光の下も歩けるし鏡にも映る。おそらくは心臓に杭を打たれなければ真には死なぬが、時は緩やかに若者の上に足跡を残した。今は若者と呼ぶには少し疲れやつれている。いつか遠い未来には、老いさらばえることとなるのか。老いさらばえるまで憎み続けてくれるか。彼が老い、憎しみに倦《う》んだなら、この手で暇を出してやろうか。その時には、寂寥の念を覚えるかもしれない。ネッドは新大陸での影だった。彼女が喪った影法師だった。

最初に牙を立てたのは、と、エリ・ジョクラスは、湿った土を満たした棺の中で記憶をたどった。どちらの喉であったろう。百と数十年も前、長く渇いたうんざりとした航海を終え、港で最初に牙を立てたのは男の喉か、女の喉か。

船員たちは、その頃すでに全員が木偶と化していた。意思無き木偶らは、女主人の棺を新大陸の港へと運ぶためだけにひたすら立ち働いていた。夜ごと、望まれるままに潮焼けした喉を差し出した。木偶の血は不味い。

旧大陸を旅立つ前から感じていた。試してもいた。美味い血を保つのは難しい。絞り出し溜め込むなどは論外。肉体の外にぶちまけられた血は、たちまち凝り始め、変色し、臭くなり、腐れてゆく。彼女の喉を潤す血は、生ける肉体の中を循環していなければならない。生ける肉体こそが、彼女の糧食の最適な貯蔵庫なのだ。最も美味いのは最初の一口。二口目から味は落ちてゆく。そして木偶になり果てた者の血は不味い。

なぜ、旧き地を捨て旅立とうと思い立ったかは覚えていない。単なる気まぐれだったのかもしれない。何かに呼ばれたのかもしれない。海と天候以外に脅威も無い船上で、ひたすら渇きと闘う航海だった。木偶どもの血を吸い尽くすわけにはいかなかった。また、その気にもならなかった。陸の近づくのを感じて、とうの昔に働きを止めた心臓も踊る心地だった。港には若い男女がいた。

夜半、将来を憂いて駆け落ちでも図ったものか、他の者は眠った港を抜けようとした男女を眠らぬ木偶どもが捕らえ連れてきた。最初に牙を立てたのは、男の喉か、女の喉か。

女の喉だった気がする。見知らぬ異国の匂いのする柔らかい喉だった。それまでで味わった中でも最も美味い血と思えた。不思議なものだ、美味い血は、直前まで身を灼き尽くすほどに苛んでいた渇きすら一滴で癒やす。牙を立てたのは一度。啜った血は一口。女の連れに手を伸ばしたのは、もののついでというものだ。

許して、と女は言った。木偶ではない、まだ己の意思を持つ女は、許して、と言った。

ああ、そうだった。

棺の中で両眼をカッと見開き、眸に火を点してエリ・ジョクラスは、思い出していた。はっきりと。娘はか細い声で、「許して」と言った。恋人に牙の刻印を与えるのは許して。魔性の腕から彼が逃れるのを許して。主人になったばかりの女に抗うことを許して。

ネッドのアナベル・リイが自ら許しを乞うたのは、その唯一度きりだった。冷酷な魔性が許しを与えるはずもない。娘の恋人はほどなく同じく、喉に牙の痕を刻まれた。一口で済ませてやったのは、魔性なりのささやかな情けといえた。

ネッドの喉に、牙が立てられた時、アナベルは涙を流した。一口ずつの血で喉を潤した魔性は物珍しく犠牲者の片割れの涙を眺め、細い顎に手をかけ濡れた頬を舐めた。涙は血とは異なる甘美な味わいを舌の先にもたらした。こうした美味もあるのか、と、エリ・ジョクラスは感嘆に震えた。

新大陸での初めての獲物に、二度以上、牙が立てられることは無かった。牙を立てる回数が増せば血の味が落ちてしまう。彼らの血を欲する時、女主人はナイフで彼らの皮膚を開いた。傷から滲む血を舐め取った。傷はほどなく跡形も無く消えていく。魔性の従僕の身分は、彼らの肌に新たな傷痕を許さなかった。喉の牙の痕か、それか、白木の杭の貫く心臓の穴のどちらか以外は。

新大陸での生活への警戒もあったが、新たな従僕に夢中で当時、エリ・ジョクラスは狩りを行わなかった。血は身近に在った。

アナベルも切り裂いた。ネッドも切り裂いた。アナベルをより多く切り刻んだ。彼女に向けてナイフをひらめかすたび、ネッドの眼に濃く深く冥く宿る憎しみの色を見止めたからだ。ネッドの憎しみは新鮮だった。下方から仰ぎ見る羨望混じりの憎悪ならばエリ・ジョクラスにも親しかった。慣れきっていた。そうした身分に居たのだ、遠い昔、城に起居していた頃は。ネッドの憎しみは、かつて親しんだ慣れたものより、もっと純度の高い、好ましいものに思えた。

アナベルの眼には憎しみは無かった。何らかの感情は宿っていた。アナベルの眼差しに宿る感情を、女主人は読み取ることができなかった。娘は二度と涙を流さなかった。

喉元にナイフを突きつけ涙を流せと命じれば、「そればかりは思い通りにならないのです」と応えた。

許しを乞えと命じれば、平坦な口調で「お許しください」と返した。許せるわけがない。都度切り裂いて、速やかに閉じ癒えてゆく傷口から血を啜った。娘の顔に苦痛の表情は、ナイフの走るたびに走ったかもしれないが、覚えていない。

「わたくしをなんと思っているか、申してみよ」

ついにそう命じたのは、支配の接吻を与えてから何十年経った頃か。

「お可哀想な方だと思っています。マダム」娘は素直に本心を吐露した。まぎれもなく本心だ。命令に逆らえるはずがないのだ。

意識するより速く、娘の頸を切り裂いていた。すぐには塞がらぬよう深々と。癒えぬよう、そのままナイフを傷口に突き立て、ネッドを呼び寄せた。「この娘の心臓に杭を打ち込め」命じた。

ネッドはアナベルの命乞いはしなかった。命令が絶対であることもあったろうが、あるいは、魔性の支配から彼女が解き放たれると安堵したのかもしれない。死を望んでも、自ら滅びることはかなわぬ彼らなのだから。

塞がることのない傷口から溢れる血を、他の何者のそれより美味いと思った娘の血を、エリ・ジョクラスは、この時、啜ろうともしなかった。虚しく床に吸われる様を眺めていた。表面だけは傲然と繕って。全身を瞬時に沸騰させた感情を、衝動を、彼女は『憤り』だと認識していたが、『嘆き』であったのかもしれない。

渇きは復活した。狩りは再開された。木偶どもが煩わしく思えるようになった。新たな獲物は吸い尽くしては滅ぼした。元から連れて来た者も気まぐれに滅ぼした。ネッドには手をつけはしなかった。大洋を越えた新天地で捕らえ愛《め》でた、つがいの鳥の片方を喪い、残る一羽まで喪うわけにはいかない、と、恐れていた。

エリ・ジョクラスは自らの過ちを認める女ではなかった。後悔など薬にもしたくない。だが、アナベル・リイの喪失は、白木の杭よりも尖く大きく、胸に、肉ならぬ魔性の魂の心臓に、塞がることの無い穴を空けたのだ。

舞い戻ってきたボストンは、何かの期待を魔性に与えたのかもしれない。渇きを癒やさぬ虚しい食事に飽いたのもあったろう。予感まではしていなかったのではないか。狩りは再び、静かに狡猾な手口で行われるようになった。幾人かの下僕が異変を察知され病院に収容されたが追わなかった。招きもしなかった。どうでもよい口湿しに過ぎなかった、彼らは。放置しても差し支えはない。レッドラインには補いがつくだけの血の貯蔵庫がまだ乗っており、迷信と縁を切った現代医学には魔を解明する力は無いのだから。

——そして喪われたはずの鳥は戻ってきた。魔性と同じ名を背負って。

『運命』というものが在るのならば、これこそ、その種の出遇いだろう。

この喉は再び甘美に潤うだろう。虚ろになっていたネッドの眸にも、新たな憎しみの薪が焚べられるだろう。

「エリ……」棺の中でエリ・ジョクラスは、我と我が身を抱きしめていた。「わたくしのエリ。わたくしの獲物。わたくしの魂を懸けても取り戻してみせる。たとえあの——」三つに分かれた燃える眼が、柔らかな喉と牙との間を超え難く隔てていようとも。

（三）

午後にはボストンの友達の家を訪ねるんです、とアーミティッジ教授に愛理は告げた。

「大丈夫なのかね、その……、新しい友達というのは」教授は保護者らしく心配そうに眉を寄せた。

「大丈夫じゃない人なら、お知らせしてません」愛理は笑って不安を吹き散らした。「一昨日《おととい》、遅くなった時に送ってくれた人です。今日も迎えに来てくれるんです。紹介しますね」

研究室まで案内され、ネッド・ブレイクと名乗った男は、眸の翳りが多少は気にはなるものの、口調も穏やかかな物腰柔らかな好人物だった。もう少し若ければ、愛理のボーイフレンドとして歓迎できたかもしれない。

若い愛理には、少し年上に過ぎるようにも見えたのだ。

と、「彼女の友達というのは厳密には僕ではなく」などと言い出す。「僕の雇用主で、女性です」

「なぜ当人が来ないのかね」

「病弱で、出歩くのが難しいのです」

「どちらにお住まいで?」尋ねて返ってきた答えに教授は目を丸くした。「エーコンストリート……ですと……」ボストンで知らない者の無い高級住宅街だ。怪しげな人物の住まう場所ではない。

「帰りも責任を持ってお送りします」ご心配なく、と男は愛理を伴って去った。

きっと言葉の通りになるだろう。見送りながら落ち着かぬ思いに、老人は胸を撫でさすった。

不安になるのは、愛理が若いから、女性だから、相手が初対面だから、だ。そもそも、将来的に法的にも保護者になるつもりでいたとしても、現在の自分と窕城愛理の関係は、教員と教え子にすぎない。

ここで差し出口を挿める立場ではないのだ。

高級住宅街の私道であるエーコンへは、レッドラインのチャールズMGH駅からでもパークストリート駅からでも行ける。いずれにせよ、一旦はチャールズストリートに出て、マウントヴァーノンストリートの交差点で東へ、さらにウェストシダーストリートに入って南に進むことになる。愛理とネッドはパークストリート駅で降りた。

道なりではなく公園《コモン》を突っ切ってチャールズストリートに向かうことにした。空は晴れており、午後の陽は眩しい。日本ならば、みなが日傘を欲しがるところだろう。アメリカ人は陽に焼けることを恐れない。公園を吹く風は穏やかで、まばらな木の間に、まばらながら散策の人々が見られた。五月の変事から一月《ひとつき》足らず、日常は取り戻されつつあるように伺えた。二人は北西に向かって突っ切ったため、南西の球場にソフトボールを楽しむ人たちが戻っているかは確かめられなかった。

今は平穏な緑地にも、かつては戦乱と恐怖と熱狂の騒乱が渦巻いていたという。通り過ぎた楡《にれ》の大木の根本には、愛理がこの地に来る前に崩れたそうだが、此処が処刑場であったと示す銘板が建てられていたという。プロテスタントの派閥同士の確執による処刑もあり、魔女狩りによる処刑もあったという。平穏の下には無念が眠っている。南北戦争で命を落とした戦士たちを悼む記念碑の脇を二人は通り過ぎた。その北にあるメリーゴーランドは止まっていた。

背の高いネッド・ブレイクは、背丈に見合った長い脚をのびのびとは伸ばさず、小柄な愛理に合わせて小幅に、ゆっくりと歩いてくれた。こうしたところは紳士めいて好感が持てる。

「厳密には、て、教授には言ったけど」愛理が声をかけた。「あなたとも友達でしょ?」ネッドと。ミスターブレイクではなく。

「ええ……」困惑混じりの笑みをネッドが返す。アメリカンのくせに煮え切らない人だ。――アメリカンなら積極的で自己主張が強いというのは偏見かもしれない。アメリカは広く、様々な人が住んでいるのだから。ネッドの出身地はまだ聞かされていなかった。問うタイミングもつかみ損ねている。

「そういえば」ネッドは話を逸らすように振った。もしかしたら本当に彼が話したかったのはこちらかもしれない。機会を探っていたのかもしれない。「あなたは極東から来たんですね」エリ、とはネッドは口にしない。もう一人のエリとまぎらわしいからだろう。

「そうよ」ズキリと胸が痛む。今はどうなっているのかもしれない母国。ネッドにこの痛みを知られてはいけない。

「東洋の一帯では、今は違う場所もあるようですが、伝統的には意味のある文字を使うと聞いています」

「漢字のこと？」

「カンジ……、そう、そういったかもしれません」何か頭の中を模索するような手振りを見せ、「やはりその……、あなたの名前も、意味のある文字で記すのですか？　本来は」ネッドの興味はそこにあったらしい。

「そう。そうよ」嬉しくなり、愛理は、「私の名前は、こう……」指で宙に書こうとしてもどかしく、「ああ、もう！　紙とペンがあったら……、あ！　そうだ」今日も携えていたサコッシュの底を探り、スマホを取り出し入力した。「こう。これ。これが私の名前」

差し出されたディスプレイを覗き込んだ男の眼が瞠《みは》られた、表情に、濃い翳がさした。

「愛、の、理《ことわり》」男が言った。英語で、ではあったが。

「読めるの？」驚く愛理に「いえ……」ネッドは首を振って否定した。「知っているのは、その二文字だけです。片方が愛《ラヴ》、片方が理《プロヴィデンス》だと……、昔の知り合いが教えてくれて……」

「その人は今は？」

「……去《ゴーン》りました。遠くへ」

「……そう……」アメリカ人が『去った《ゴーン》』と口にする時、それは婉曲に死を意味する。愛理の名を表す二文字を見た時、彼の顔を過った翳の意味が理解できた気がした。とても親しい間柄だったのだ、彼に二つの漢字を教えた人物とは。

罪悪感を覚えた。愛理はただ愛理自身であるだけなのに、自分の存在が彼を傷つけたと感じられた。ただ自分の名を教えただけなのに。

「なんだか……」かけるべき言葉を探しあぐねた愛理に、「あなたが気にすることじゃありません」ネッドは優しく、話題に終止符を打った。「僕の興味で訊いたことですから。東洋の人は懐かしくて……」

二文字を教えて去った人物は東洋人だったのだろう。ネッドは日本人には詳しくはないようだから、中国人だったのかもしれない。アメリカのそこここに、チャイナタウンはある。ボストンにもチャイナタウンがある。

「良い名前ですね」ネッドは付け足しのように褒めた。何か悔しかった。

夜になるとガス灯が灯るという丸石の敷き詰められた通の手前に、誰のものだろうか、場違いなリンカーンのリムジンが停められていた。ここを駐車場として使えるのはエーコンの住民に限られるはずなのだが。細い私道に入り、中程に位置する扉をネッドは開けた。愛理を招き入れるやすぐさまぴたり、陽光を閉め出し、「お連れしました」奥から喜びの声が聞こえた。「こちらへ。早く、こちらへお連れして」

外見からヴィクトリアンスタイルの面影を残した煉瓦作りの住宅の、内装も古風に典雅だった。壁は一面に、淡い色の羊歯様の模様の壁紙に覆われている。窓は広く数多く外界への道を開いているが、家主の健康を慮《おもんぱか》ってだろう、全てに雨戸を立てられた上、遮光カーテンで厳重に閉ざされていた。屋内は品の良い間接灯で柔らかな光に満たされてはいたが。

趣味の良いアンティークな家具に囲まれたソファに、数世紀の過去からタイムスリップしたかのようなドレスめいたガウンをまとった女主人がしどけなくもたれかかっていた。さすがに自宅内では手袋はしていない。ソファの肘掛けに預けられ、まくれ上がった袖から突き出した腕も、裾からはみ出した室内履きを引っ掛けた足も、陶磁器を思わせる透ける白さが眩《まばゆ》い。細い指先を飾る爪は長く鋭く整えられ赤く塗られていた。

「立って出迎えなくてごめんなさい」屋敷の女主人、エリ・ジョクラスは気怠さを残した声に喜色をにじませ詫びた。「この時間はまだ気怠くて。ああ、心配しないで。じきに元気になります。陽が傾いてゆけばね」

それより、と、自分の傍らに腰を掛けるよう愛理を手招き、半身を起こした。「今日は陽射しが強いのでしょう？　あなたの肌に名残が見えます。自分で陽を浴びなくとも、そういうのはわかるんです。強い陽の下を歩くのは健康な方でも疲れるのではないかしら。喉が渇いたでしょう」

ネッド、と使用人を呼びつけ、「サングリアを持ってきて。サーバーごとでかまいません。わたくしが注《つ》ぎます」そこに、と、ソファの前の低いテーブルを示した。

　オレンジやレモンの切片を沈めた赤い液体を満たした容器が運ばれてきた。容器には蛇口が取り付けられている。ネッドからグラスも受け取り、身を乗り出して女主人は客のために酒を注いだ。蛇口をひねった右手が引かれる間際、グラスの上で、繊細な人差し指が鋭い爪の先で、親指の腹を掻き切ったように見えた。

「どうぞ」グラスに添えて差し出された右手には傷一つ無い。目を瞬かせた愛理に、「どうかされて？」

「あの、私だけ、ていうのは」

「わたくしもいただきます。ネッド」グラスを、と、もう一つ持って来させ、先に注いだ酒を愛理に押し付けた。

「どうかされて？」重ねて、躊躇う愛理に向ける微笑みは、初対面の時と同様、遠慮も許さぬ押しの強さだ。「……いただきます」愛理は口をつけた。

　スペイン語の『血』に由来する名を持つカジュアルな酒は、爽やかな酸味と甘味を舌に残し、喉をすべり落ちた。何の異常も無い。今まで口にしたサングリアの中ではかなり美味しい部類だ。スルスルと飲めてしまう。

「ネッドがね」と、優雅にグラスを傾けながらマダムが言った。きわめてゆっくりと少しずつ唇を湿してゆく。愛理と比べてグラスの中身はほとんど減っていない。「わたくしのために作ってくれるの、いつも。今回はあなたのためでもあるけど。どう？　喉の渇きは少しは癒えて？　遠慮しないでね」

　喉の渇きを癒やすなら、水かコーラの方がよかったのに、と思いつつ、勢いよく飲んでしまったことを羞じらいつつ、「はい」と応えていた。どうも、このマダムの言葉は拒絶できない。

「おかわりしてもいいのよ」

「はい」またマダムが注いでくれる。

果汁に薄められたアルコールはさほどきつくはない。けれども、陽に温められていた身体が、今は別の熱に火照っている気がする。屋内の冷房は強いくらいだったはずだけど。危ないかもしれない。飲みすぎて失態の無いように気をつけなきゃ、と愛理は、そちらを案じた。男の家ではない。この家の主であるエリは、押しは強いが穏やかで親切きわまりない。地下鉄でも助けられた。

わからないのは、招かれた意味だ。わからないままに来てしまったけれども、なぜ彼女は地下鉄で会っただけの、通りすがりに助けただけの自分を、こんなにもてなしてくれるのだろう。

どうして、と愛理が問えば、なぜかしら、とエリが応える。「なぜかしら、あなたとは出会うべくして会った気がするの」

ぼうっと、熱を帯びた目で眺めるエリのブルネットは、波打つ端々が照明に透けてコーヒーの色を思わせた。いつも研究室で教授がマグに注いでくれる。そう言うとエリが「あら」と笑う。「わたくしはあなたの黒髪の方が好き。真っ直ぐで艶やかでむらが無くて。でも、そんなふうに言われると、カファのことも今までより好きになりそうね」

エリはコーヒーを『カファ』と発音した。彼女はアメリカ生まれではないのでは、と思った。そう思って見れば、白い美貌の目鼻立ちも典型的なアメリカンとは異なって映る。

アメリカは元より人種の坩堝だ。様々なルーツを持った人が集まり、流入は、あの地震の直前まで絶えずあったはずだ。エリが、それか、エリの先祖が、アメリカ以外の世界のどこから来たとしても不思議は無いだろう。

「どこから来たの」アメリカの外からなんでしょう？　問えば、「そうよ」応える。

——どこから——

——遠く——

——どこから——

——森の彼方の国よ——

ぐらぐらと揺れる頭が、たおやかな腕に抱きとめられ、柔らかく支えられた。なぜだろう。間近に覗き込む眼が、煙水晶の色の眸が中心に火を点したように赤く見える。「眠いの？」優しい艶めかしい声が尋ねた。「寝てはだめ。……いいえ、わたくしの夢を見るのなら、眠ることを許します」

荒涼とした大地に横たわっていた。天はもはや、荒涼としたという形容も相応しくないほどに荒れ狂っていた。空が裂け、稲光が彼女を照らす。怒号が吹き巡っている。大地も振動していた。天と地の怒りを示して。

大丈夫。どれほど憤っていても、天地は彼女を傷つけない。傷つけるために彼女を此処に呼んだのではないのだから。愛理に不安は無かった。それに、と思う。今は傍らに温もりがある。

横たわる彼女の傍に、これもまた身を横たえている黒い獣がいる。人の背丈ほども体長のある大きな黒い猫のような、猫ではないもの。この天地に属さないもの。消えてはいなかった。ずっと傍にあり続けた。

今は猛っておらず、おとなしく寄り添っている。ぴたり身体を添わせて抱きかかえるように、愛理の上体に前脚を回している。ぴたぴたと長い尾で愛理を愛撫する。黒い顎を、愛理の頭の上に軽く乗せている。くぐもった喉を鳴らす音が聞こえた。天地の怒りに呼応しているのか、それとも愛理への親しみを表しているのか。

愛理は獣の肩の辺りに頬を寄せた。自分からも腕を回して、しなやかな身体を撫でた。柔らかくなめらかな毛皮の手触り。毛皮の下で身動ぎする生きた意思の感触。

天がまた吠えた。大地が震えた。

獣の存在が気に入らぬのだ。獣が天地と愛理の間に割って入っているのが気に入らぬのだ。獣が愛理に向ける、愛理が獣に向ける親しみが気に入らぬのだ。だが手出しはできない。獣は容易には滅ぼされぬほどに強く、愛理と結んだ絆も強かった。愛理を引き裂く覚悟無しには獣を引き剥がすことはできない。天地に愛理を引き裂く覚悟など無い。

愛理は、愛理の身体は、他に替えの利かぬ稀少な器なのだから。

心臓の上の火は、今は燃えない。

(四)

不思議な充足を、エリ・ジョクラスは感じていた。今日はまだ狩りを行っていない。夜のレッドラインに乗り込んでいるはずの、血の貯蔵庫どものもとを訪ってもいない。一口の血も飲まず、むしろ彼女の血は、わずかながら失われていた。なのに満たされている。渇きを覚えない。こうしたこともあるのか。

渇きが一定でないことを、エリ・ジョクラスは経験として知っていた。ひどく渇いて、いくら飲んでも啜っても満たされない時もあれば、ほんの一口で、満足が得られる場合もある。血の味による、と、今までは考えてきた。実際、美味い血の、渇きを癒やす効果は高かったのだ。一滴も口にせぬのに満たされるとは思いもよらない。

今宵はこのまま部屋にこもっていようか。思い巡らす。美味くもない食事のために出かけるくらいならば、来客のまとった空気に染みる微かな残り香を味わう方が心地良い。酔わせるつもりが酔ったかもしれぬ。酒はこの身には効かぬはずが。

泳ぎを忘れた魚が浮かぶように、ソファに身を横たえ夢見心地に揺蕩《たゆた》っていた。腕に胸に腰に、もたれかかっていた客の重みの名残を感じる。心地良い。初めはあの喉に如何にしても牙を立て血を啜ってみせると考えていたが、啜らず満たされるならば牙は立てずともよい。ただ手放すまい。この充足を手放すまい。永遠に抱いて永遠の旅をしよう、あの娘と。

方法はある。最初の一手はすでに打った。牙は阻まれたが、血は障壁を越えた。拒絶されなかった。吐き出されなかった。飲み下された。赤い酒に混じり、体内に取り込まれた一滴の血は、人の娘の身体をはやわずか、変え始めているはずだ。当初は娘の身体に刻印した異界の神の守護を解かせるためだった。今や神の守護などどうでもよい。あの娘を彼女と同じモノに変えるため、不死の生を与えるために血を注ぎ続けなければ、かつて彼女が不死の血の杯を干し、今の身体を得たように。

階下で扉の開く音が、エリ・ジョクラスの夢想を破った。扉はきわめて静かに開けられ閉じられたのだが。従僕が帰ってきたのだ。客を客の仮の家まで送って戻ってきたのだ。エリ・ジョクラスが酔わせた結果、陽はまた一人歩きに向かぬほど傾いてしまったのだから。

その帰宅の響きが彼女の頭を打った。女主人の機嫌も知らず、従僕は階上の部屋まで戻ってきた。

「お出かけには、なられていなかったのですね」落ち着き払った声までが神経に刺さる。

「わたくしは、わたくしの出たい時に出かける。そなたの指図は受けぬ」

「指図など」滅相もない、と静かに受け応えた従僕の眼に、何やらこれまでと違う色が見て取られる気がした。

「何だ？」エリ・ジョクラスは己でも驚いていた。従僕などに問いを投げるなど。いや、以前にも従僕に問うたことがあった。問い、そして破滅させた。虚しく床に広がり吸われてゆく滅びゆく身体を伝う赤が脳裏に閃き頭を痛めた。

「何も」落ち着き払った返答。眸の色は表情ほどには落ち着いていない。

「もの言いたげな眼をしておる」エリ・ジョクラスは指摘した。「許す。言いたいことがあれば申せ」

「……」薄く開いた唇は、しばしの間、沈黙を吐き、躊躇いの後に「マダム」と言った。「マダム、この世に愛の理《ことわり》があると思いますか」

「……は……っ」エリ・ジョクラスは顎を仰のかせた。予想もせぬ言葉に虚を衝かれ笑いの発作に憑かれたのだ。「愛の理、愛の、理だと？」笑い続けた。

「愛に理など無い。そも、この世界に愛など存在せぬ。愛などというのはな、欲望の言い訳だ。奪いたい、捕らえたい、支配したい、その欲の表層を取り繕った言葉が愛だ。欲に理などあるものか。衝動があるのみだ」

　返答は無かった。押し黙った従僕の眼の色は、いつも宿していた憎しみ色とは少し違って見えた。過去に男のつがいの女の眼の上に見止めた色に似ていた。あの問いが喉までせり上がる。問うてはならぬ。エリ・ジョクラスは、ネッド・ブレイクから目を背け、「出かける」と立ち上がった。従僕の帰宅の直前まで、身を浸していた充足感は消えていた。

かまわぬ。この身が渇こうが満たされようが、もう一人のエリは必ず手に入れよう。生意気な従僕への仕置にもなる。昔の連れ合いに似た、あのエリに、ネッドの心が傾いているのは問わずともわかる。あのエリが、このエリと同じ存在になった時には、どれほどの衝撃を、苦悩をあやつに与えてやれるだろうか。憎しみも新たな薪を得て燃えよう。楽しみだ。

この身を流れる血は、祖の血ほどには濃くはない。だが今日の一滴で絆は結ばれた。断ち切り難く結ばれた。これからも飲ませてやろう。いずれは口移しに、酒になど混ぜず、血のそのままを流し込んでやろう。その果にはあのエリも、同じく夜の永生を分かち合う身と成るはずだ。

（五）

今日も窕城愛理の帰りは遅かった。このあいだほどではなかったけれど、またボストンに行って陽が傾いてから帰ってきた。夏時間とはいえ、一時間前倒しに設定された分を差し引いても、夏至近い今、夜の短い今、日の暮れの時間はかなり遅い。その上これからもボストンに、ボストンにできた新しい友達の家に遊びに行くという。バーサ・L、もとい、バーサ・ラヴィニア・ライトウェイは、ルームメイトの目に触れぬよう、二段ベッドの上段で頭をかきむしった。あの麦藁色の髪の男は構内まで愛理を迎えに来たという。今日も寮の玄関前まで送ってきた。このままではダメだ。このままにしてはいけない。バーサには愛理を、清らかな身体のままに保たねばならない使命がある。

祖父に助力を求めるのは憚られた。先日、取り乱して連絡を取った時の叱責。祖父のバーサに向ける失望、落胆が如実に伝わってきた。祖父を失望させると後が怖い。可能な限り自分の手で片付けなければ。

愛理がバスルームに去るや、ベッド上段からすべり降り、愛理の枕を探った。あった。枕の上に、バーサは愛理の抜け落ちた髪を見出し拾った。念の為、二本。後は自前でなんとかなる。自身のデスクに駆け寄り、ノートを一枚千切り、ペンと爪やすりを持って、ベッド上段に戻った。早く、できれば愛理が戻ってくる前に済ませないと。

広げたノートの切片の上で爪にやすりをかけた。量はさほど多くなくてもいい。自分と繋がっていることが肝要なのだから。爪の粉を内側に封じるよう切片を丸め、上下に愛理の髪を巻き付けて縛った。これでこいつは窕城愛理とも結びつくことになる。縛って余った紙の先を、両側とも二つに裂いて捩《よじ》った。これは手となり脚となるはずだ。ペンで、胴の部分に目のマークを描きこんだ。これは信仰の印でもあり、見た目通りに眼ともなる。そして仕上げに、即席の呪具に囁きかけた。

イ・アイ・ング・ンガー
ヨグ＝ソトース
ヘ・エエ――ル・ゲブ
フ・アイ　ソルォドッグ
　ウヒヒイー

ノートの切片からできた呪具は飛び跳ね立ち上がった。裂かれ捩ら作られた四本の脚をシーツの上につき、獣のように。描かれた目は天井を向き、背の側で見開かれている。紙の獣は歩きだし、ベッドの縁でポトリと落ちてまた歩いて行った。愛理の様子を覗き見に行ったのだ。バーサはほぅっと息を吐いた。

あの呪物は、祖父の探している行方の知れぬ塩の兵ほどは強力ではないが……、いや、塩の兵は強力すぎてこうしたことには向かない。あれでいい。あの小さいやつが、今後、窕城愛理の一挙手一投足を見張り、いざとなれば邪魔をしてのけよう。人を排除するには弱すぎるが。


闇の中、ニューイングランドの何処かの地下室に安置された棺の中で目覚めた者があった。カッと見開かれた両の瞼にはめられた眼球は、真っ赤な熱無き熾火を宿している。ウェイトリイ一族を悩ませ続けた鬼火の眸だ。ケンブリッジでバーサ・ラヴィニア・ライトウェイが、ささやかな呪物を作り上げ、仕上げの呪文を唱えたまさにその瞬間《とき》、禍火《まがび》は灯った。季節に合わぬロングコートをまとった背の下は、長の年月に熟した旧い土だ。棺の内部にはみっしりと土が敷かれていた。

「ジャノス」墓守の名を、棺の主は呼んだ。

「お側に」枯れた、忠実な声が応えた。枯れ木に似て、枯れ木にしては太く逞しい腕が棺の蓋を重々しくスライドさせた。

「呼び覚ます言葉が唱えられた」棺の主は、土に塗《まみ》れた上体を起こしながらジャノスに告げた。「あれの名が唱えられるのは二度目だが、此度は前とは異なる。解呪ではない。あれの下僕を呼び覚ます呪文だ。信奉者に違いない。信奉者以外は口にすまい。口にしたところで意のままには操れまい。あれに魂を捧げた者以外には、な。そして、今は昼ではない。余の時間だ。余はこれより術者を捜しに翔ぶ。あるいは呪具を。術者の居所が明らかとなるのは呪文の唱えられた瞬間のみだが、呪具は目覚めて存在する限り我を導く。そなたは棺を運んでおけ」

「どちらまで」

「ケンブリッジ」

第五章　薔薇、病めり

（一）

アーミティッジ教授の研究室に、己の眼の呪物を潜入させ得たのは、バーサ・ラヴィニア・ライトウェイにとっても思いもかけない収穫だった。バーサとアーミティッジ教授との関係は良好ではない。どちらかというとバーサがアーミティッジ教授の、妙な勘の良さを警戒し、敬遠していた。ある呪術のレポートを出した際に指摘されたのだ。「君は、自分の知識の一部を敢えて隠しているのではないかね」と。

こんなことならば取り入っておけば良かった、と、紙に描いた眼の目撃した教授の研究対象を視《み》て思った。いや、下手に近づいて感づかれていたなら逆に機会を失ったかもしれない。これで良かったのだ。それにしても窕城愛理が教授と親しくなっていたとは、あれの研究の手伝いをしていたとは、幸運きわまりない巡り合わせだ。

――お祖父ちゃん――と、バーサは、暇を持て余した学生たちのたむろするカフェテリアでメールを打った。教授の研究を手伝っている愛理を、愛理の目の前で教授が検めている物品を、遠隔で観察しながら。

――お祖父ちゃん！　塩の兵の在り処が判ったよ！　お祖父ちゃんが長年探していた塩の兵たちが！　あ

たしの大学の、ジョナサン・アーミティッジ教授が保管してた。研究室に保管してた。見たところ、

【護衛】だけ。【資材】は、見当たらなかったけど――。

だろう。祖父がなんとか調達するだろう。何しろ、祖父は、ウェイトリイの叡智の精髄を受け継いだ大

いなる智恵者なのだから。

この大発見で、祖父も気をよくするはず。孫娘への心象も、格段に良くなるはずだ。多少の我侭も聞

き入れてもらえるだろう。我侭どころか、そもそも、祖父の願いのために彼女はこれまで尽くしてきた

のではないか。

こうなったら、やはり、例の男の始末は祖父に頼もう、と、バーサは考え直した。自分は充分に働い

た。適材適所というのもある。腕力も無く呪術も未熟な自分よりも、呪力も経験も、闇と対等に渡り合

う度胸も勝る、祖父の方が荒事には向いているだろう。愛理に関わる男には跡形も無く消えてもらわな

ければならないのだから。

前回と同様ならば、男は午後には窪城愛理を迎えに来るはず。カフェテリアの清算を済ませ、研究棟

の前の木陰に潜んだ。待った。

来た。

律儀な男は、前回、前々回と同様、研究棟まで窪城愛理を迎えに来た。気づかれぬように、と冷や汗

をかきながら数回、男にスマホのレンズを向けて、バーサはシャッターを切った。遠景だけれど、祖父

ならば判別できるはず。そのままメールに添付して、祖父に送信した。

――こいつが邪魔者。こいつを消して――。

送信したメールに、間違いなく画像が添付されていることを確認しながら、バーサは小首を傾げた。男は半袖のシャツを着ていた。シャツが半袖なのはいい。それより暑くないのだろうか。窮屈ではないのだろうか。男らしく、それなりの太さの首に巻かれた襟は、第一ボタンまできっちりと留められている。

「ねえ、一緒に旅をしない?」

聞く者を蕩《とろ》かす艶やかな声に、魔としての魅了の力まで溶かしてエリ・ジョクラスは囁きかけた。獲物は両の腕の中に居る。

血の名前を持つ、魔性の血を混ぜた赤い酒を飲まされ、朦朧と窕城愛理はエリ・ジョクラスに抱かれていた。ソファの上に、恋人同士のように重なり合っていた。二人とも着衣のままではあったが。

「旅……」愛理がぼんやりと口に上せた言葉は、返答や問いというより、エリの言葉の反復のようだ。

「森の彼方の国へ行くの?」

「森の彼方の国……」苦さと郷愁を噛みしめるように、そうね、とエリは応えた。「もうずいぶんと時も経った。時代も変わった。帰ってもいいかもしれない」世界は揺らぎ続けるけれど。大地だけでなく、海だけでなく、人の心も国境も。それでも、「帰る――」。それもいいかもしれない」

「でも、私」夢見心地に、愛理がわずかに抗った。「アーカムに行かないと」

「アーカム? どうしてそんなところに?」

「教授と約束したの。教授と一緒にアーカムに行って、ミスカトニック大学で神秘と伝承を学ぶって」

「だめよ」エリが駄々をこねる。「あなたはわたくしと来るの」

「でも……」

「教授、て、男の方なんでしょう？　いやらしい、あなたが魅力的だから、そんなふうに自分のものにしようとするんです」

「そんな人じゃあ」朦朧としていながらも、愛理は思いのほかに頑固だった。「ありません。教授は本当に私の行く末を心配してくださって……。私には、多分、もう……、身寄りが無い……から……」

「わたくしがあなたの身寄りになってあげます」エリは愛理の唇に唇を重ね、言葉を封じた。紅い唇は、そのまま頬をすべり耳まで。耳朶を甘噛みし——ようとして、小さく呻《うめ》いた。歯は拒まれたのだ。未だ愛理の身体の所有権を主張する異界の力に。喉に限らず如何なる箇所であれ、牙は立てさせないと。

忌々しい、と洩らす呟きもそこそこに、改めてエリ・ジョクラスは愛理の耳に朱唇を寄せて注ぎ込んだ。言葉を。魔性の唄を。「あなたはわたくしと一緒に旅をするの。長い永い旅よ。月と星灯りの下をどこまでも、永遠の夜を永遠に共にいきましょう」

「でも」

「教授にはわたくしから話をしてあげます」なんなら下僕にしてでも。「何という名前なの、彼は」

「アーミティッジ。ジョナサン・アーミティッジ教授」

「家は？」

「研究室は知っているけど、家までは」

「訊いておいてね。独り身の方かしら？」

「息子さんが」ボストンの病院に勤めていると、問われるままに愛理は答えた。孫が居ることも。意識は魔性の支配下にあった。

「嗚呼《ああ》、わたくしのエリ」エリ・ジョクラスは、あと一歩、想いの遂げられぬまま、一層つのる想いに愛理の身体に両腕を絡め愛撫した。愛撫しつつ語りかけた。「ネッドがね、わたくしに尋ねたんです。愛に理《ことわり》があるのかと。わたくし、思わず、無い、て答えてしまったけれど、もしかしたらあなたとの出遇いがそれなのかもしれません。言ったでしょう？　あなたとは出会うべくして出会った気がする、と。ねえ、エリ、もう聞こえていないかしら、夢の中かしら、エリ、黒い獣の夢を見ているの？　わたくしの夢を見ているところ？　わたくしはね、永い間、渇いて彷徨ってきたのです。果ての無い渇きです。終わりの無い渇きなの。それが、あなたに出会って癒えた気がする。満たされる気がするの。こんな気持は初めて。わたくし……」

愛理の背を肩を愛撫していた右手がはたと止まった。サッとソファの端に走って何かを握り潰した。妖女の白い美貌が憎々しげに歪んだ。

「誰かしら。わたくしのエリに、厭な虫を付けて寄越したのは」握り潰した紙の虫に赤く鋭い爪を立てた。爪は過たず、紙に描かれた眼の中心をえぐっていた。

ケンブリッジの、真理の盾を門に掲げた大学の、女子寮の一室で、その夕方、高く悲鳴が上がった。尋常ではない、寮の空気を一息に引き裂く、鼓膜に突き刺さる悲鳴だった。合鍵で開けられた部屋の壁際に一人の学生が倒れていた。両手で目を強く押さえて。

バーサ・Lとして知られる学生は、引き剥がそうとしても目を押さえた手を離さなかった。「お祖父ちゃん」と、彼女の保護者である祖父を呼び続けた。あとは意味不明のうわ言で、何を言っているのか誰にも理解できなかった。

――お祖父ちゃん！　ちがう！

――そいつじゃない！　男じゃなかった！

――女……、恐ろしい……。

――恐ろしい女が……。

――人じゃない、あれは……。

――魔、魔物……、神にたてつく……。

――ああ、だめ……、エリは堕ちかけている……。

（二）

連絡を受けたオリバー・ライトウェイ老人は、足下の音が気にかかって気が気ではなかった。よもや電話口の向こうまで聞こえはしないだろうが。

足下、床下では、のたうつ何かがぶつかる音と、孫が上げたのとは別の悲鳴がようやく静まりつつあった。つい先程、新鮮な餌を与えたのだ、闇に潜む者どもに。苦労しておびき寄せた、交渉していた古物商。いくらでも言い値で支払うからと、持って来いと、引き換えに、こちらにも価値あるものが有るからと、見に来るがいいと呼び寄せたのだ。荷を置かせ、では見せてやろうと覗き込ませて突き落とした。

強欲の対価は命だった。

上辺のみの相槌を打ち、礼も言い、通話を切った。安堵と苛立ちの溜め息が出る。

しくじった。

バーサは何かをしくじった。不甲斐ないやつめ。だが、しくじりの前に重大な情報をもたらしてはくれた。【護衛《クストデス》】を見出してくれた。こちらの首尾も今のところは上出来だ。バーサの件は、運命の警告と受け取ろう。これより大事を為すのだから。

気を静めるため、脇机に乗せたジュラルミンのケースを老人は愛しげに撫でた。中にはあれが入っている。欲に喰われた古物商が持ってきた、例の、プロヴィデンスの海岸に打ち上げられた輝く――。

ようやくここまで漕ぎつけた。これまでこの手からすり抜けるばかりだったこいつが転がり込んだ。追いかけて追いかけて、常に一歩遅れで逃してきたモノに、やっと追いついた。手に入れたのだ。これがあれば、あいつらも思いのままに使役できる。御し難い使徒どもも。邪魔者を排除し、邪魔の入らぬように事を成し遂げることが可能となる。だからこそ、神の名において、今後の失敗は断じて許されん。

この先は孫娘をたのみにしてはならんだろう。まったくたのみにならん。あれは捨て置こう。ウェイトリイの、あの方にあくまで忠実なウェイトリイの血筋が絶えるのは惜しいが……、いや、正気でなくとも身体はまだ使えるだろう、割り切ろう。

ジュラルミンケースの蓋を開けたくなる誘惑にかられ、堪えた。みだりに眺める、あるいは触れるべきではない。あの方の御威光の一部なのだから。それに一度は確かめた、この目で。古物商を地下に突き落とす前に開けさせて検めた。

ケースの中には箱があった。ギュウギュウに梱包材を詰めた中に鎮座した、一種不均整な形をしたそれ。黄色がかった金属製の一面に奇妙なレリーフが施されている。レリーフは何かの生き物を思わせるが、この惑星に発生したとされる如何なる生命体にも似ていない。箱もまた重要なのだ。他の何物にも収納できない重大なモノを収めている。そうした役割を負わされた入れ物だ。箱を開ければ、この件に関わる最重要のモノが在った。

想像していたよりも小さかった。言い伝えでは四インチほどとのことだったが、目の前に現れたこれは二インチも無い。記録が誤っていたのか、それとも環境により大きさの変化する性質なのか。赤い線の入ったほとんど黒に近い球に近い多面体、これは言い伝え通り。箱の中に丁重に安置されていた。安置といっても箱の底には触れていない。中心を取り巻く金属製の帯と、箱の内壁から伸びる七本の支柱によって吊り下げられていた。言い伝え通りだ。

今回の企みにも用いるつもりでいるが、これの本領が発揮されるのはまだ先だ。選ばれし花嫁があの方と契り、受胎し、産まれた子の充分に成長した暁に渡さねばならん。御子がこれを手にし、あの方の名を呼ぶ時、その時こそ、あの方は、あるべき姿、あるべき力を完全に取り戻し、全宇宙、全次元にしろしめすであろう。

いや、あの方自ら選び、刻印し給うた花嫁ならば、御子を身籠った瞬間から、これを扱うことが可能かもしれん。次元の扉を開くことができるかもしれん。あるいは、その場で全ては成就するかもしれんのだ。あの方に関わるものは、地球上の法則には従わんのだから。

大昔のウェイトリイ……、六代ほど前だったか、あのウェイトリイは血筋に驕ったのだろう。娘が白化症《アルビノ》であったのを、選ばれた印と勘違いして無理に子を生《な》さしめ出来損ないの双子を産ませてしまった。出来損ないであればこそ育ちきらなかった。あの方も、名を呼ばれても応じられなかったのだ。此度は同じ轍は踏まん。

案じられるのは、花嫁の周囲に男の影があることだ。虹色の男は始末したというのに、またか。よくよく邪魔の入ることだ。

いや、しかし――。と、ライトウェイ老人は考え直した。今度の男は【護衛《クストデス》】の保管されている研究棟に入ったことがある。孫娘がどうやら使い物にならなくなった今、こやつを手駒に使えんだろうか。

契りの儀式は叶うならば夏至の夜がよい。夏の陽の極まる日は、同時に夏の衰え始める日でもある。天が太陽を裏切る刻《とき》。今年は明後日。

孫娘のこれまでの連絡によれば、男は花嫁を連れ出しては日暮れ過ぎに寮まで送って帰るという。孫が倒れた連絡が入った時、まだ空に陽はあった。間に合うかもしれん。ともあれ様子を見に行こう。

オリバー・ライトウェイ老人は、いそいそと身支度を整え、窓という窓に雨戸を厳重に立て、地下室の扉の鍵は開け、灯りを消して家を出た。貴重品を置いていくのは気がかりだったが、我が家に忍び込む不埒者《ふらちもの》にこそ災いあれ。地下には最強最悪の警備員が潜み、事あらば飛び出し、貪欲の限りを尽くすであろうから。常にそのように手配してあるのだから。

ライトウェイ老人の家はボストン北西部、チェスナットヒル最寄りにあった。ケンブリッジに向かうには、地下鉄、グリーンラインに乗り、パークストリート駅でレッドラインに乗り換えなければならない。孫のバーサ・ラヴィニアとはメールや電話でこそ頻繁に連絡を取り合っていたが、入寮以来、顔も合わせていない。レッドラインを使うのは久しぶりだ。乗り換えの、レッドライン駅構内に足を踏み入れた瞬間、老人は異変に気づいた。

冷房というにも異様な冷気、行き交う無表情で寡黙な人々。みなが首に何かを巻きつけ肌を隠している。「なんだ、ここは？　従僕《サーヴァンツ》どもの溜まり場ではないか」首を覆う布の下に何が隠されているか彼には判る。長年、闇の領域の探求に勤しんできた身なのだ。

見たところ従僕どもはおとなしい。まだ牙も生えてはいないようだ。おそらく流れ水と光を嫌うようにはなっているだろうが。それと、ガーリックと、主の性格によっては十字架も。「まだ『成りきって』はおらんということか」ふむ、とグリーンライン側の駅構内に戻り、老人は思案した。

成りきっていない従僕《サーヴァント》ならば、さほどの脅威ではない。問題は、従僕が存在しているからには、何処かに彼らを支配する主《マスター》も潜んでいるということだ。これだけ多くの従僕を従える主。目にした限りの従僕が全て、「成りきっていない」ということは、意図して多数から少量ずつ血を摂っているのだろう。狡猾なやつだ。乗り換え駅で空気が変わったことから類推するに、支配域はレッドライン。出遇いたくない。

加えて、いま一つの可能性に気づき青ざめた。花嫁を送り迎えしているという男は、夜のレッドラインを使用しているのだ。魔の従僕どもが徘徊する。いつ、魔性の主に遭遇するかもしれん、この路線を。

昼間に、まだ正気だった孫娘から送られてきたメールを開いた。添付されている画像を確かめる。麦藁色の髪の、背の高い男。遠景で顔立ちまでは定かではないが、シャツのボタンは几帳面に一番上まで留められている。首は高い襟によって覆われていた。皮膚は隠されていた。――こいつもだ！　ライトウェイ老人は確信した。

なんということだ。うるさい虫が寄ってきたどころの話ではない。よりにもよって、あの方の選んだ花嫁が、尊い御子を宿すはずの約束の器が、血に飢えた魔性に目をつけられたのだ。

男と並んで写っている花嫁の方は首を隠してはいない。夏らしい装いだ。ホッと息を吐いた。まだ牙は立てられていないわけだ。あの方の守護もあるのかもしれない。あの方の守護ならば、地球の魔性ごときでは破られんだろう。だが、悠揚ならざる事態に変わりはない。翻って考えてみれば、孫の突然の錯乱も、魔性の主のねぐらに眼を潜入させようと試みて返り討ちに遭ったためかもしれん。

夏至の夜まで、あと一日と一晩。

花嫁が魔性に魅入られたとあっては、なおのこと先延ばしにはできん。

孫娘は役に立たん。

この難局を、どう打破する。

思案の堂々巡りが、はたと始点に戻って目覚めた心地がした。そうだ、この男を利用するつもりでいたのだ。ディスプレイに表示された背の高い男に視線を落とす。男は白昼の屋外に立っていた。平然と陽光を浴び。

「成りきっておらん」

魔性の気まぐれによって手心によって、従僕の従属の度合いは何十、何百段階にも変わる。軽度の者は普通に飲食も排泄もし、日常の雑務もこなす。無傷の人間との見分けがつかない、首の傷以外では。夜に徘徊する魔の牙にかかった者たちは程度が進めば光を嫌うようになるはずだが——、従属してなお真昼を歩ける程度の支配ならば、軛《くびき》は緩々《かんかん》として弛んだものであろう。直接の命令には逆らえまいが、直接、主君を害することもかなうまいが、つけ入る隙は必ずある。

——昼だな。

歩みだし、ホームにすべり込んできたグリーンラインの西行きの列車に老人は乗った。決意を新たにしていた。今はまずい。夜はやつらの時間だ。出直そう。明日。明日の昼、倒れたバーサに代わり、このオリバー・ライトウェイが、ケンブリッジでこいつを待ち伏せてやろう。罠にかけてやろう。大丈夫だ。きっと上手くいく。正しき道《ライトウェイ》を行く者には、あの方の加護があるのだから。

（三）

裏庭に、大きな鳥でも舞い降りたものか。ばさりと羽ばたく音が聞こえた。夜を飛ぶ種の鳥は、この一帯には棲息していないはずだが。――コンテェサ――と、鳥が啼いた。

「プリンツ」紅い唇が呟いた。

エリ・ジョクラスは、執拗に紙屑の虫を苛んでいた手を止めた。夢見心地より目覚めた愛理をネッドに送らせ、今は部屋に一人だ。

「プリンツ」今度は呟きではなく明瞭に、「チェ・ヴリィ・サ・スクゥィ」首を巡らせもせず、彼女は何者かに投げかけた。異国の言葉を。

「コンテェサ」裏窓から声が応えた。鳥ではない。「血の伯爵夫人《コンテェサ・デ・サンジェ》」

「なんのつもり《チェ・ヴリィ・サ・スクゥィ》」

「余を中に入れよ。あるいは汝が外に」夜の声は、伯爵夫人《コンテェサ》、と、繰り返した。異国の言葉で。

伯爵夫人と呼ばれたエリ・ジョクラスは、右の拳に紙の虫を握り潰したまま立ち上がった。階下に降り、裏庭に通じる廊下を過ぎ、部屋を抜け、扉を開けた。

エーコンの表通からはけして目にすることのできない裏庭は、今の女主人の趣味か、はたまた、現在は行方の知れぬ前の住人の好みであったものか、一面の薔薇の園だった。初夏から咲き始める薔薇は、品種によっては秋まで、入れ代わり立ち代わり芳《かぐわ》しく華麗な花を咲かせ続ける。六月は最も花の美しい季節だといわれている。ただ、この庭は例外だ。

手入れが行き届かなかったか、病害虫に蝕まれたか、どれも萎《しお》れうなだれ、散り果てた無惨な姿をさらしていた。一輪として誇らかに夜空を仰ぐ花弁は無い。

「むごいことをする」裏庭の中央で、萎れた薔薇を見回していた影が言った。夜とはいえ、暗い中にも黒い影すら落とさぬ影だった。険しい厳しい顔を縁取る蓬髪、季節を鑑みないロングコートの姿。いつかの夜にダンウィッチの丘陵を訪れた者ならば、もしくはウィップアーウィルならば、この男を知っていると証言しただろう。

「薔薇に怨みがあるのか、伯爵夫人《コンテェサ》」

「花がわたくしに跪《ひざまず》いただけのことです。薔薇を見にいらしたの、プリンツ。ならば生憎なこと。どこから、とは問いません。貴方に屋根無き壁は意味をなしませんから」

「花を見に来たわけではない」プリンツと呼ばれた男は向き直った。魔性の伯爵夫人と相対してたじろぎもしない。「汝《なんじ》に挨拶に来たわけでもな。まじないの臭跡をたどってみれば此処に着いた。どうやら臭いの元は汝の手に握られているようだ。それに用がある」

ちらり、紙の虫を握り潰した拳にエリ・ジョクラスは視線を投げ、戻した。

「これはわたくしの部屋に潜り込んだ毒虫。なれど、わたくしが捕らえたからには、わたくしのものです」

「譲れ」

「お断り」

「汝とは親しい仲ではなかったがな」と、プリンツ。「年長の同胞《はらから》への敬意も持ち合わしておらぬか」

「敬意！」エリ・ジョクラスは左手の甲を口許に当てた。ほほ、と、高く笑った。時代が近代を迎える前の遠い昔、遠い地で貴婦人たちが行っただろう形をなぞって。「敬意ですって？　何故わたくしが貴方にそのような気持ちを抱かねばならぬのです。同胞などと言って、同じ手から杯を受け取っただけの間柄。たかだか百年とわずか、先がけてその身にお成りあそばしたからといって、伯父さまぶらないでくださいませ」

「汝の血縁になどなった覚えはない」

「わたくしも、姪の如くにあしらわれるのは心外です」

「驕慢な女だ」プリンツの低い声に怒気がこもった。濃い眉の下に両眼が燃える。「たかだか百年とわずかだと。その百年とわずかの前に、後も、汝が人として生きた間も、オスマンの脅威から故地を護り通したは武器持つこの手だ。武勲の手だ。戦場に馬を駆り剣を振るい、彼奴らを討ち取った男の勲《いさおし》だ。我が誇りだ！　前線よりはるか後方の城で安閑と惰眠を貪っておった女ごときに侮られる筋合いは無いぞ！」

「何が誇り、何が勲」エリ・ジョクラスの眼にも鬼火が点った。「敵はオスマンだけとお思いか！　馬を駆り剣を槍を振るうだけが戦《いくさ》ではない。わたくしは惰眠を貪ってなどいなかった。殿方の留守の間に、数々の言いがかりをつけ揺さぶりをかけ、財を領地を位をも掠め取ろうとする宮廷と、教会と、身内の顔を装った邪悪と、わたくしは戦ったのです。勝てど誉《ほまれ》など無い戦いを戦い続けた。わたくしは勝ち続けた！　何者もわたくしから、領も財も位も奪うことはできなかった！　あやつら、果てはあらぬ汚名を着せ、わたくしを幽閉してはのけたが」

「あらぬ汚名とは、血の湯浴みの噂か」

「血で湯浴みなど」愚かしい、と、エリは吐き捨てた。「血は飲むもの、啜るもの。無駄にこぼすなど惜しいではありませぬか」

「さよう」

「ましてや浴びるなど愚の骨頂！　身体にこびりついた血の始末の悪さは御身も知るはず、戦場で」

「いかにも」

「落とすに他愛ない侍女たちを拷問にかけ、思いつく限りの下劣な妄言を引き出したのです。けれど、わたくしは屈しなかった。この身は幽閉されようとも……、は、は……！　わたくしが闇を恐れるなどと浅薄な！　あれらはわたくしの身には指一本触れられなかった。拷問にもかけられず、火炙りにも縛り首にも斬首にもできなかった。わたくしの財を位を取り上げることも叶わなかった。わたくしはわたくしの意思で我が子に所領を継がせた。わたくしは勝ったのです！　わたくしはエリザベット・クラジョス伯爵夫人。森の彼方の国《トランシルヴァニア》の名門を継ぎ、保った女伯爵《コンテェサ》。わたくしこそが真に誇りを知る者。宮廷の策謀に踊らされ敗北の地に斃れた貴方とは違います！」

「では何が」プリンツの眼から熾火が消えた。「何が失意の杯を汝にもたらした？　祖が己の血を分け与える意図は知らん。だが、向かう先はわかる。祖は絶望の淵に沈まんとする者に、心打ち砕かれた者に己が血を注いだ杯をもたらすのだ。余はまさに、最後の戦にて地に伏し倒れた夜に祖の訪れを受けた。杯を受け取った。無念を晴らさんと――。無念を晴らすも、永生を得ても真昼に戦場を駆けるはままならぬ身だ。夢魔となって夜を彷徨ううちにどの敵も、余ならぬ時の流れに討ち滅ぼされた。汝の言う通り、余は敗残者だ。では勝ち誇る汝は何故、いつ、あの朱い杯を干したのだ。幽閉の城の居室にでも差し入れられたか。いや……、その見た目の若々しさ……、もっと前……、あらぬ噂とやらが立たぬ以前に、汝の心は砕けていたのではないのか」

「お黙り！」エリザベットの両眼の鬼火が散った。

プリンツの眼は黒褐色に沈んでいた。鬼火ではなく悼みの色が宿っていた。

「わたくしを憐れむのはおやめ！」激する女伯爵に、「憐れみはせん」と。

「憐れみはせん。人の道において正しく誰かを憐れむ資格など持たぬ身だ。人でもない身の上だ。そのために参じたのでもない」

「譲らぬと申しました」これも鎮まったエリザベット——エリ・ジョクラスは煙水晶の眸で応えた。静かながら頑《かたく》なな眸だ。

「取り引きの材がある」と、一転して乾いた声でプリンツは持ちかけた。

「何でしょう」落ち着きを払ってエリ。

「汝に声をかける前、汝の従僕と連れ立って出た女を見かけた。今の想い人であろう」

「手出しは無用」

「手出しはせん」余はな、と。「他に手出しを仕掛けている者が居よう。余の追いかけたまじないの臭跡は、あの女について汝の家に入った。術者は小者だが、背後には大物がついておる。あの女はその大物に魅入られておる」

「存じております」

「知った上で挑んでおるのか」くっくっと喉の奥でプリンツは笑った。「仮にも神と呼ばれる者に挑むか。見上げた心がけだ。今後は汝を侮るまいぞ。余がまじないの臭跡をたどったは、汝の恋敵の鼻を明かしてやるためよ。術者は小者だが、術者が判れば其奴を通じて一泡吹かせてやることができる。あの、三つに分かれた燃える眼に、な」

エリ・ジョクラスは、紙の虫を握った右手を自身の目の高さに持ち上げた。薔薇園に立つ、影の無い、影そのものの男と見比べた。

迷っている。

もう一押し――。

「今から百年と少し前」プリンツは、ある夜ある丘陵で聞かされた言葉を繰り返した。己の口を用いて。「あやつは子を生《な》す試みをした。生まれた子は出来損ないだったがな。出来損ないの子が暴れた際に、これを斃すために働いた人間がいる。姓をアーミティッジという、当時、アーカムのミスカトニック大学に勤めていた男だが――」

「差し上げます」女の白い右腕が、手の中のものを投げて寄越した。

受け取り、「よいのか?」とプリンツ。

「良い話を伺いました。礼を言います」

妖女は一礼し、くるり屋内に戻った。扉を閉めた。

「ふむ」受け取った呪物を高い鼻の下に近づけプリンツは、「一部は付けられていた女でできている。術者は中に包まれているか」ひとりごちた。

「みつけたぞ、名を変えしウェイトリイ」

ばさり、風を起こして黒い皮膜の翼が舞い上がった。この近辺では見られたことも無い大蝙蝠だ。蝙蝠は、一面に萎れ枯れた薔薇園から飛び立ち、一気に去った。北へ。ケンブリッジに向かって。

後には、花も葉もうなだれた薔薇たちが、星灯りの下、一層に黒々と影をなし、沈黙していた。

(四)

エーコンストリートの一画の、枯れた薔薇園を擁する邸の女主人は部屋には戻らなかった。他の邸ならば使用人にあてがわれるか物置になっているだろう地下室に下りた。地下には豪奢であったろう飾りも古びくすんだ棺が安置されていた。棺を囲む守り人がいた。木偶と化したこの家の元の住人だ。元隣人や向かいの住人も居る。彼女の白昼の寝床である棺と守り人を無いもののごとく無視し、脇を過ぎ、女主人は部屋の奥へと歩を進めた。壁は崩されていた。崩れた壁の向こうには粗く掘られた深い穴が口を開けていた。木偶とせしめた者たちに掘らせたものだ。

穴は、通路は、東に長く延び、地下鉄、レッドラインの退避所に、そして駅へと繋がっている。木偶でなければこれだけの作業は成し遂げられなかったろう。エーコンストリートは彼女の、現代のボストンでの最初の狩り場となり、次の狩り場に繋がる拠点となっていた。

エリ・ジョクラスは女の姿を脱いだ。猫に似た黒い大きな獣と変じて闇に飛び入り駆けだした。

チャールズ川南岸の病院で、夜勤の警備員が救急搬入用の戸口で立ち眩みを起こした。廊下を巡回していた看護師も目眩を覚えた。どちらもたいした症状ではない。不規則な勤務にあたる者にはよくあることだ。すぐに業務に復帰した。

立ち眩みの直前、戸口の外から呼ばれ対応に出たこと、ブルネットの女に会ったこと、首筋にキスをされたこと、キスが痛みをともなったこと、女の侵入を許したことを警備員は黙っていた。看護師は、影の無い影のようなブルネットの女に出遭ったこと、やはりキスされたこと、キスの後、問われるままに病院勤務のキンシー・アーミティッジ医師の所在を、今夜自宅に帰っていると、自宅の住所まで詳《つまび》らかに教えたことを、一切洩らさなかった。彼らに口づけを与えた主人の命令は絶対なのだから。


「パパ」と、夜更かしの娘、ルシル・アーミティッジは、久しぶりに帰宅した父、キンシーを呼んだ。

「外に大きな黒い猫がいるよ」

娘の肩越しに窓を透かし見ても、いつもと変わらぬ住宅地の夜の景色しか無い。

「何も居ないじゃないか、ルーシー」と、キンシーは受け流した。

猫だって？　もしかしたらペットが欲しいのだろうか。留守がちな家での娘の寂しさを思いやった。今度、休みが取れたら、よくよく相談してみよう。黒い猫というのは少々縁起が悪くも思えるが。

それはそれとして、父親らしく振る舞おうと、「もう遅いんだから早く寝なさい。学校がずっと休みだからって、勉強をさぼっちゃダメだぞ」うるさそうに眉をしかめる娘の頬にキスをした。

「パパこそ、明日もお仕事忙しいんでしょ。早く寝ないと」

呼び立てておいて勝手なことを言う。苦笑して娘の部屋を後にした。無事な娘の最後の言葉になるかもしれぬ、とも思わず。

背後で窓の開けられる音がした。続く小さな叫び。駆け戻った娘の部屋に、もう一つ人影が増えていた。猫科の動物を思わせるしなやかな身体の女。波打つブルネットに飾られた白い顔は、どこか異国情緒を漂わせて美しい。眸は烱る水晶。奥に熾火を宿している。唇は血を塗ったように朱い。否、まさしく血塗られたばかりだ。女は愛しげにルーシーを抱き、力無くもたれかかっている少女の首筋から顔を上げた。血を引く唇を、これも真っ赤な舌で舐めた。

「ごめんなさい」キンシー・アーミティッジ先生、と呼びかけてきた。「用があるのは、あなたではなく、あなたのお父さまなんだけど、こうする方が手っ取り早くて。連絡をとっていただけるかしら」

ケンブリッジの大学女子寮の医務室で、夕方に原因不明の発作を起こして倒れた学生が起き上がった。「あら、バーサ・L」と、当直の保健師が声をかけた。「気がついたの？ 大丈夫？」

「大丈夫」平坦な声が返ってきた。

落ち着いているようだ。保健師は胸を撫で下ろした。運び込まれた当初、甚だしい興奮状態以外の異常は見当たらなかったものの、発作の激しさから今夜は目も離せないし、明日にも近くの病院にでも連絡をとらねばならないかと思っていたのだ。この分なら、一晩寝かせれば帰せるだろう。

起き上がったバーサ・Lは糸に引かれるようにベッドを下りた。

「あら、ちょっと」保健師は慌てた。「どこに行くの」

「トイレへ」保健師へ向けたバーサ・Lの顔は、ぎょっとするような無惨な有様だった。

何かのアレルギーだろうか、両目の周辺が掻きむしられたかのように、幾つもの蚯蚓《みみず》脹《ば》れを交差させ腫れ上がっている。目そのものもひどく充血して赤い。これはやはり明日、外科にでも診せなければ。それか皮膚科。眼科にも。

「ちょっと待って、一緒に」付き添って行こうと駆け寄った保健師を、「要らない」バーサはすげなく押しのけた。

「場所、わかってるし、一人で行けるから」

「そ……、そう……」気圧されて保健師は下がった。医務室を出て行くバーサの後ろ姿を見送った。

大丈夫。トイレはすぐそこだ。バーサはすぐに戻ってくるだろう。無事に。

バーサ・Lはトイレの前を素通りした。トイレなどには行きたくなかった。医務室を出ろと、一人で外に来い、と命じられたのだ。横になっている間、どんどんと近づいてくる闇そのものを思わせる影の気配に。今やすぐそばに迫った影に。影はバーサの一部を握っていると感じられた。あれだ、と見当がついた。昨夜作った呪物。たいした冒険をさせるつもりも無かったあれを、奪われてしまった。中には自分の爪の粉を封じている。自分と繋がっている。あれを通じて支配されている。呪術者としては致命的な失態だ。

こんなことになるとは思わなかった。ただの煩い蝿を、愛理から追い払うだけのつもりだった。ただの蝿だと思っていた。普通の人間の男だと。まさか、あんな恐ろしい――。

マリオネットそのものと化したバーサは、操りの糸に引かれるままに女子寮の扉の、内側から掛けられた鍵を開け、外に歩み出た。影が待ち構えていた。

女子寮の窓から、開かれた扉から漏れる、廊下の灯りを浴びても地に影を落とさない、人型の影が。

「らしい真似をする」目の前に立つなり影は言った。「未熟な術の報いとはいえ、あの女もむごいことを」

彼女を傷つけた赤い爪を指していると思い当たった。では、この影は、低く深い男の声で喋る影は、あの女とは別の者か。

「名を」影が名乗れと命じた。

「バーサ……、バーサ・ラヴィニア・ライトウェイ」

「正しき道《ライトウェイ》、驕った偽名だ。真実はウェイトリイであろう」

「お祖父ちゃんが……」

「なるほど。あれの祭祀の本体を司っているのは、そなたの祖父か」

自由を奪われたバーサには震え上がることすらできなかった。一切の抗いを封じられ、唯一、恐怖への自然な反応として涙をこぼした。涙は恐ろしい魔性の爪で掻きむしられた傷痕に沁みて一層の涙を誘った。

「泣くな」命令ではなかった。命令であったとしても、こればかりはどうにも従いようが無かったのだが。

「泣くな」影が手を伸ばしてきた。声は思いのほかに穏やかで武骨な思い遣りを感じさせた。「流れる水は苦手なのだ」言いながら差し出され涙を拭った手は、硬く節くれだち、体温というものを持たなかったが、不思議と温かく優しく感じられた。幼い日、祖父に撫でられた時でも、こんな心地にはならなかった。祖父の撫で方は投げやりでぞんざいだった。この人の方が——。

「そなたの一部は我が手中にある」声は彼女への呪縛に言及した。もう怖いとは感じられなかった。「これのみでもそなたは思いのままとなる。これ以上は余分、だが、余も少し渇いた。一口いただこうか」

影が、バーサの方へと身を屈めてきた。バーサの、剥き出しになった首筋へ。

むしろ胸躍る思いで、バーサは口づけを待ち受けた。ささやかな痛みの後、「口湿しの礼というほどではないがな。傷は癒やしてやったぞ」

医務室で保健師は、なかなか戻らない女学生を捜しに行くかどうか悩んでいた。用を足すには少し長くかかりすぎな気がする。何かあったら、と、不始末の後始末を考えれば気が気ではない。だが、年頃の娘が顔にあんな傷を負って、一人で泣く時間も欲しいのではないだろうか。優しさが足を鈍らせていた。

と、「ご心配おかけしました」戻ってきたバーサ・Lは、部屋を出た時よりもずっと落ち着き払っていた。おまけに、「あら、あなた、顔と目……」蚯蚓脹れに膨れ上がっていた目の周りは健康な肌色を取り戻していた。充血していた目も澄んでいる。

ただ、寒そうに肩をすくめ、襟を首の周りまでかき寄せていた。夏だというのに。

「寒いの？」

「少し……」

冷房がきついのかしら。それとも。

「熱でもあるのかも。ベッドに戻ってゆっくりお休みなさい」

娘は素直に従った。

第六章　血の記憶

(一)

——土は穢れていた。

西から東から北から南から、多種多様な人間どもが、山脈の麓に足を止め、あるいは山脈を越えて押し寄せ衝突した。トラキア人、ブルガール人、スラブ人、ケルト人、ローマ人、ザクセン人、マジャル人。トルコ人。多種多様な民族の血が地に溢され地を穢した。地上で混ざり合い、地中で混ざり合い、肌の下でも混淆《こんこう》した。野蛮な時代だった。人が血に餓え力に餓えた時代だった。命は軽んじられた。

長く続く野蛮な時代が一つの終焉に向かおうとする頃、カルパチア山脈の懐に抱かれた国に彼女は生まれた。勇猛を以て知られる一族の娘として。累代の血に穢れた土が彼女の肉を編んだ。溢された血を洗いだ雨が、そのまま彼女の血管に流れこんだ。カルパチア山脈の木の間を縫い吹き荒ぶ風の音が子守唄だった。生まれながらに位は高かった。

マジャル人の強い時代だった。彼女を妻にと望んだのはマジャル人の貴族だった。身分は彼女より低かった。武勇においては名高い家柄だった。政略において双方に利ありと一族の認めた婚姻だった。彼女自身の意思は、時代の倣《なら》いとして無視された。意思も何も彼女はまだ幼かった。十を少し過ぎたばかり。

正式な婚礼前の嫁入り修行として、夫となるべき人物の父母の下へと旅立つ前。乳母やが彼女を手招いた。母君が去り際にお言葉をくださると。

実母は彼女の生育を乳母に任せたきり、儀礼の時以外にはほとんど関わらぬ人だった。物憂い美貌の、子供心にも近寄り難い気品をまとった人だった。儀礼の間ではなく、私室に、その母が招いてくれたのだ。特別なことが起こる、と胸が高鳴った。

多くのクッションを重ねた長椅子に、半ば横たわるようにドレスの裾を長く引いて腰を下ろした母は、目の前で小さな貴婦人らしく一礼した娘にも座るよう促した。

「エリザベット」と呼びかけた。「此度《こたび》、他家に嫁ぐ貴女に言っておくことがあります」と。「我らの身分での婚姻に、一切の温かな情の交わりは期待されぬように」と。「王侯にも次ぐ大貴族の婚姻は、ために為されるものではありません。貴族の女は愛の受け皿ではありません。教会より遣わされし痴れ者が何をそなたに吹き込もうとも、愛などという戯言《ざれごと》を信じてはなりません。貴女は莫大な持参金と所領を携えた子を生す肉の壺として求められたのです。この城を離れ、これよりそなたの頼れる庇護者は、一人として無いと知りなさい。そなたは独りで立つことを覚えねばなりません。数日の後に会うことになる、そなたの夫の父母は、そなたを懐柔し、あるいは心を挫き、意のままになる傀儡と仕立て直そうと試みるでしょう。そなたの夫もそれを望むでしょう。試練に耐えなさい。屈してはなりません。欺くことを覚えなさい。出し抜くことを覚えなさい。蔑まれることだけは、けして許してはなりません」

——そなたは、生まれながらにして気高いトランシルヴァニアの女伯爵なのだから。

母の教えを胸に刻んでエリザベットは運命の輿に乗った。待ち受けていたものはまさしく教えの通り。彼女は表層の忍従を学んだ。従順を装う下に、誇りの火を絶やさぬことを学んだ。屈辱は薪だ。火は一層、強く燃え盛った。卑しくもトランシルヴァニアの女伯爵に、訳知り顔に欺瞞《ぎまん》をまぶした訓戒を垂れてみせる義父母も聖職者たちも今に思い知るがいい。わたくしは真理を知っている。母より真理を教わった。

婚礼の狂騒の場で、花嫁は一人、冷えていた。冷えた心で夫に抱かれた。夫となった男は妻の身体と心を熔《と》かそうと、躍起《やっき》になって猛ったが、己一人が燻《くすぶ》っただけだった。

若くから戦場を奔走することに慣れた夫には、血の臭いに昂ぶる癖があった。

侍女を折檻《せっかん》するうちに、悲鳴と許しを乞う声と傷の臭いに昂ぶって、事に及ぶも稀《まれ》ではなかった。己より身分の優る妻の身体に傷をつけることは叶わなかった。妻の代わりに他の女を殴った。

新婚の床の傍らで、まず鞭打たれたのは、エリザベットに付き従ってきた乳母だった。若くもない女の悲鳴を伴奏に、男は若い妻の身体を貪った。痛みと深手に耐えかねて、乳母はほどなく息絶えた。

次の犠牲として求められたのは、やはり故郷より付き従って来た侍女たちだった。

エリザベットは夫の嗜好を咎めはしなかった。ただ、「女たちもわたくしの財産です」指摘した。「貴方の愉しみのため、わたくしの財を費やすというのなら、対価をいただかねばなりません」男は忌々しげに舌打ちしたが、妻の身体に傷をつけることはできなかった。鬱憤《うっぷん》を晴らしに戦場に戻った。戦場には血の臭いがある。思いのままに苛むことのできる女もいる。妻に気兼ねせずに済む。

マジャル人とトルコ人との関係は、緊張しつつも奇妙な親しさを保っていた。度々に交戦しながらも、交易も行っていたのだ。

領主様の許可はいただいております、と、珍妙な東洋の服を着た一行が城に来た時、エリザベットは二十五を過ぎていた。子を生す壺は未だ、役目を果たしていなかった。夫も長らく夫としての務めを怠っていたのだ。冷たい妻よりも血の滾る戦場に、彼は執心していた。

夫の了承は得たと言って来た一行は、みな首の周りに高く襟を立てていた。真珠など、東洋の珍かな宝物の数々の他に、目を引く、人一人横たえて収まりそうな頑丈な箱と、檻に閉じ込めた黒い獣を運びこんだ。獣は猫に似て猫よりも面長で巨大な肉食獣だった。

見慣れぬ獣にさしものエリザベットも興味を惹かれ、「それはなんという」と問えば、「カラ……、なんとか申しましたな、あちらの言葉で」との返答だった。「残念ながら、餌を食いませんで、長くはもちませんでしょう」

痩せた黒い獣は檻の底に伏せ、囚われた夜の闇のようだった。毛並みは毛羽立っていても元の美しさは完全には損なわれていない。榛《はしばみ》色の宝石に似た、二つの眼は殊に美しかった。エリザベットは獣を檻ごと自室に運ばせた。「水をおやり」と命じた。

「やっても飲みませぬ」

「それでもやるのです」黄金の深皿に、波々と水が汲まれ、差し入れられた。

黒い獣の榛色の眼は、羞《はじ》を忍ぶ囚人の眼ではなかった。怒れる者の眼でもない。死の淵に居て、世界の何もかもを透徹《とうてつ》して視《み》る眼と思えた。

「そなたは誇りを知る者なのですね」エリザベットは畏れを抱き、されど恐れず檻に手を掛けもたれかかった。この静かなる黒《カラ》は、彼女の夫よりも誇り高い。語りかけた。「人の身に生まれても誇りを知らぬ者も多いというのに。そなたはどのように生まれ、育ったの？　どのように、そなたの知る誇りを学んだのですか」語りながら眠りに落ちた。

　指先に、冷たい感触を覚え、彼女は目覚めた。ピトピトと触れるものがある。そっと目をやれば黒い獣が鼻先を、檻にかけた指に近づけ匂いを嗅いでいる。棒色の眼が好奇心に輝いていた。この指先はいったい何者かと確かめるように。エリザベットもまた榛色の眼に魅入られていた。

　脅かさぬよう、指をすべらせ、黒い鼻先を水の皿へと導いた。

「お飲み。これを飲んでもそなたの恥とはなりません」

　黒い鼻先が水についた。ひらめく赤い舌が水を掬い、口中へ運んだ。喉が動くのが見えた。エリザベットも唾を飲んだ。

　水はやがて、冷まされた薄い肉のスープと替えられ、スープは濃いものへと替えられ、肉片が混じるようになり、肉そのものとなった。

「奇跡でございます！」と、運んできた商人は大仰に驚いてみせた。

「カラは」と、黒い獣をそう呼んで、「どこから来たのです」エリザベットは尋ねた。

「南の、深い森の中ですな」

「戻してはやれないのですか」

「人を襲いますぞ」

「わたくしは襲われていません」

　それは尊い伯爵夫人なればこそ、と浮ついた美辞麗句を並べたてる商人を他所に、無心に自身の掌を舐める獣を、エリザベットは熱を帯びた眼で眺めていた。

カラは少し太った。いつまでも檻に留め置いてはいけない。留めていては、いつかはカラも堕落する。夫のように、彼女にかしずく者たちのように卑しくなってしまう。その前にカラを、カラの領地に還してやろう。カラの君臨すべき深い森に還してやろう。自分はこの城から、檻のごとき城と一族のしがらみからは逃れられないけれども。

夫が戦地より戻ってきたのは、商人がカラを元の森に連れ帰る前だった。戦場の高揚と血の臭いをまとったまま帰ってきた。夫の特権で、エリザベットの私室まで踏み入ってきた。

「なんだこいつは」

艶を取り戻した黒く美しいカラに目を止めた。「檻から出してやろう。黄金の鎖をつけてやろう。皇帝のもとまで連れて行って披露してやろう」

「なりません、人馴れしない獣です」エリザベットも止めた。商人も止めた。制止されて男は一層いきり立った。「俺に手なづけられぬ獣などいるものか」檻に掛けた手にカラが食らいついた。男の侵入した時から、喧騒と血の臭いに興奮していたのだ。限界だった。牙を立てられた男が叫んだ。「俺の手が！」主君の叫びに衛兵たちが押し入ってきた。目の前でまさに主君の手を喰み骨まで噛み砕こうとしている悪魔に槍の穂先を向けた。

悲鳴を上げたのは商人だった。叫んでいたのは夫だった。「剣を貸せ！　思い知らせてくれる！」槍が前進し、黒い毛皮を貫いた後だった。「思い知らせてくれる！　思い知らせてくれる！」剣がなおも執拗に、食らいついたままの顎の周囲に突き立てられた。

黒い獣は、黒い毛皮と、毛皮に包まれた肉塊に変わり果てた。

エリザベットは為す術《すべ》もなく、ただ見ていた。無力に打ちのめされていた。

こじ開けられた獣の顎から解放され手当を受けた夫は、夜、痛みに呻きながらエリザベットを抱きに来た。凶行と血の臭いに昂ぶっていた。かつて目にしたためしの無い、妻の弱い姿にそそられてもいた。日頃の高慢は影も無い。まるで心挫かれた並の女のようではないか。

自分を傷つけた獣への意趣返しもあった。獣の分際で、あれは、留守の間に妻の心を掠め盗ったのだ。けしからぬ獣を持ち込んだ商人の一行は、その夜のうちに処罰された。体内に無数の刃を植えた巨大な乙女の姿を模した人形に押し込められ、刃の抱擁に遭い、一人残らず穴だらけの肉塊と化した。処刑人形は商人の運び込んだ珍品の一つだったのだが。

その他珍品宝物、全て有無をいわさず取り上げられ、傷ついた領主の慰みとなった。人を収めていそうな箱は消えていた。宝物とも思えぬ箱が在ったことなど、みなが忘れ去っていた。

無惨な最期を遂げた商人たちの怨みのなした業か、城内にしばし悪疫が流行った。多くの死者が出た。伯爵夫人は悪疫の魔手からは逃れたと見られたが、気分が悪い、と永く臥《ふ》せっていた。獣が殺されて以来、陽の高いうちに彼女が床より起きて出歩くことはなかった。

懐妊の報せは五ヶ月後に広く知られた。

片手を獣に齧られた男は、また戦場に去っていた。伯爵夫人は一人、重くなってゆく腹を抱えて昏い夢のまにまに漂っていた。

夢には決まって、影のような男が現れる。懐妊が知られてから現れるようになった。浅黒い肌の、トルコ人とも違う異教と異郷を想わせる男だ。男は胸の前に杯を捧げ持っていた。

——心は決まったか？

問いかける。

何の心か。

真のお前自身を生きる決意だ、と、男は答える。

この身が偽りを生きているというのか。

――違うのか？

――わからない。

そう応えると、背後の闇に吸われるように消えた。

また次の夢にも現れた。

――心は決まったか？

――何の心？

――わからぬか。

――わからない。

繰り返してさらに五ヶ月の後、エリザベットは男児を産んだ。産声にも何の感慨も覚えない。見せられた赤子はしわくちゃで美しさの欠片も無い。いっそ長い尾を持ち全身を黒い毛で覆われていれば良かったのに。赤子はすぐにも乳母の手に委ねられた。

その夜、腹の重荷を下ろした枕もとに男が立った。夢ではなく。

「心は決まったか」繰り返された問い。

「ええ」心は決まっていた。我が子を抱き、半ばは憎い男の種である子を抱き、手放した時に。

人であることをやめると。無力な飾りたてられた子を生す肉の壺、偽りのエリザベット・クラジョスであることを捨てると。真の自分自身に生まれ変わると。

差し出された手から、彼女は杯を受け取った。人の世との別れの杯だった。夢ではなく確固とした重み。捧げ持ち唇をつけ、波々と縁まで満たす赤い液体を一気に飲み干した。

喉が焼けた。

液体が胃の腑へとすべり落ち、腸《はらわた》から身体の隅々へと染みわたるごとに渇いていった。細胞の一つ一つが渇いてゆく。

杯を落とし、ひきつけを起こして彼女は倒れた。倒れながら思い知った。

彼女は母の教えを忘れた。

愛を信じるなと言われていたのに愛した。獣だからと油断し、心許した。独りで立てと言われていたのに寄りかかっていた。己の不自由の身代わりの自由を託そうとした。魂の拠り所としたものを奪われた。抗うことすらできなかった。喪われてしまうまで、ただ虚脱し、為す術もなく見ているのみだった。蔑まれてはならないと言われていたのに蔑みを受けた。無力の味を噛みしめ続けていた。この苦しみは教えを破った罰だ。この渇きは魂の渇きだ。

渇く――。

渇く。

渇く。

渇く。

今こそ、渇きを癒やす時。真の己を取り戻す時。

気がつくと彼女は狭い窓を抜け、城壁を越えていた。気がつくと黒い四肢で地を蹴っていた。黒く長いしなやかな尾が彼女に随《したが》い、なびいた。木と漆喰と煉瓦の壁の間に人影が見えた。考えるより早く襲いかかっていた。喉笛に牙を立てる。圧倒的な力の味。口腔に広がる血の味。束の間、忘れられる渇き。これでは足りない。

漆黒の獣と化した彼女は疾走《はし》り続けた。行く先々で、出遇う獲物の喉を喰い破り血を啜り、血に酔い、力に酔い、いつしか荒涼とした天地に駆け入っていた。人の目には荒涼として見える天地に、全てを睥睨《へいげい》する者が君臨していた。人の目には見えないものが彼女には見える。三つに分かれた燃えあがる眼。全宇宙、全次元を蔑む者。

――蔑まれることを許してはならない――。

誰かの声が頭蓋に胸腔に谺《こだま》した。

燃える眼に向かって彼女は咆哮した。

(二)

自分が咆哮した気がして、愛理は喉を押さえた。女子寮のベッドの中だ。実際に吼えたのだろうか、夢に魘《うな》されて？　周囲を見回してもそれらしい名残りは見当たらない。幸か不幸かルームメイトは夕方に倒れたとかで、別室で寝かされている。吼えたとして、聞く者は不在だったわけだ。

長い夢を見た気がする。誰かの半生を過ごしたのと同じくらいに長い……。そして脳裏に焼きついている、燃える眼のイメージ。

あれには見覚えがあった。ここだ。左乳房の上。ほぼ心臓の真上。ここにある痣に似ている。あの天地を夢に見るたびに、まさしく燃えるように熱くなった。繋がっていると感じられた痣。

あの眼は彼女への支配を企んでいる。虚ろな器に変えようとしている。

支配されてなるものか！

器になどなるものか！

夢に見た獣と同じ怒りを今、彼女は抱いていた。だが、どうやって？　相手の名も知らないのに。いや、知っている。一度、アーミティッジ教授の口から聞かされた。時間の流れをおかしくした呪文の中に、名が紛れこんでいた。ヨグ……。

アーミティッジ教授だ！

がばり、寵城愛理は起き上がった。

そうだ、アーミティッジ教授なら何か知っているかも知れない。アーミティッジ教授に協力を仰ごう。解呪の言葉だと言っていた。あれに関する他の言葉も知っているかもしれない。この世の通常の尺度では測れない存在を信じる教授。神秘の探求者。愛理の支援者になりたいと手を差し伸べてくれた、あの教授ならば、力を貸してくれるのではないか。


アーミティッジ教授は出勤してきていないと、研究室棟で聞かされた。朝一番に用事ができたと、大学には出向けないとの連絡が入ったと。連絡が入ったのは今朝だったが、どうやら昨夜のうちに何かあったらしいと。どのみちどの講義もずっと休講だ。教授が来なくとも差し障りは無い。研究室棟の職員は呑気なものだ。仕事が減って良いとでも思っているのだろう。

どうしてこんな時に……。

愛理の目は眩《くら》んだ。他に頼れる人など居ないのに。その場にへたり込みそうになる虚脱感を堪えて研究室棟の受付を後にした。愛理の気も知らぬ職員の怪訝《けげん》な顔も薄い皮膜越しに見るように遠い。遠ざかる。小さくなる。閉じるドアの向こうに消える。寮に戻ってもできることは何も無い。斑《まだら》に影を落とす木漏れ日も目眩《めまい》を助長し、踏み出すごとに倒れそうになる。足がもつれる。倒れる前に木立に手をついてもたれかかった。

さや、と風が渡っていった。六月の朝の、熱せられる前の、まだ涼やかな風。

さやさやと葉擦《はず》れが頭上で囁いた。

——わたくしが、あなたの身寄りになってあげます。

記憶の中の艶めく声が囁いた。

マダム・ジョクラス！

けれど、あの人は、愛理の見る夢を知らない。夢の荒野に潜む邪《よこしま》な意思を知らない。それを退ける術も……。

けれど、会いたい。無性に会いたい。一縷《いちる》の希望が絶たれてしまったからこそ、無為に煩悶に時を費やすよりも少しでも多くの時間を彼女の傍で過ごしたい。いつ別れが来るかわからない、自分が今の自分でなくなるかわからないからこそ、残る時間を彼女の隣で過ごしたい。

いつもは午後になってから、ネッドが迎えに来てから訪ねるのだけれど。

住所はわかっている。迎えが無くとも、案内が無くとも、行くことはできるのだ。

時計が正午を差すはるか前にチャイムを鳴らした愛理を、出迎えたネッドは案の定、驚きに目を見開いた。

「マダムはまだ、お寝《やす》みなのですが」そう、身体の弱い彼女が起き出すのは午後から、と言われていた。

「わかっています……」申し訳なく戸口で縮こまり、うつむきながら愛理は、「待たせていただけませんでしょうか」頼みこんだ。

中で。

かなうことなら、寝室で。エリ・ジョクラスの枕元で、彼女の目覚めを待てないだろうか。いいえ、それは欲張りが過ぎるというもの。度の過ぎた要求を飲み込み頭を下げた。

「ひとまず、奥へ」

親切なネッドは愛理を無下に追い払いはしなかった。愛理のために住宅の戸を大きく開き、招き入れてくれた。「勝手に来てしまって」ごめんなさい、と繰り返し謝罪する彼女をいつもの客間に通してくれた。いつも、マダム・エリ・ジョクラスが迎えてくれた部屋に。

同じ部屋だというのに、マダムの不在が心細い。促されるまま、空虚な長椅子に腰を下ろした。

「何か飲み物を？」

客というには不躾すぎる愛理に、ネッドは変わらぬ気遣いで接してくれた。強張っていた頬も思わずほころぶ。

「あの、お気遣いなく。大丈夫です。喉は渇いてませんから」本当は渇いているのだけれど。

今に限らず、このところ妙に喉が渇く。それも、何を飲んでもおさまらないのだ。水でもジュースでもコーヒーでも、渇きを鎮めてはくれない。どころか、喉につかえて噎《む》せそうになる。

エリ・ジョクラスの、この家で出されるサングリアだけが、するりと喉を通って潤してくれた。不思議なほどに。

朝っぱらから酒を求めるのは憚られた。それに、この勝手な来訪は失礼もいいところだろう。午後には招かれただろうにしても。

「様子を見てきます」困惑と思案を目許と口許に浮かべて、ネッドは一礼し、部屋を出て行った。

後悔、という言葉が脳裏をよぎる。自分の行動があまりに衝動的に過ぎるのが、今になって自覚できる。奇妙な夢を見たというだけで取り乱してしまった。教授の件にしても、こんな時間にエリ・ジョクラスの家を訪ねてしまったことにしても。常識の範疇を逸脱している。

世界は何も変わってはいないというのに。夢の外の世界は——。

地震の前と後ではひどく変わってしまったけれども。

きっと、地震の後の孤立感が自分をこんな行動に駆り立てたのだろう、と、愛理は思った。優しくされると無闇にすがりついてしまう。依存してしまう。エリ・ジョクラスは目覚めたら腹を立てるだろうか。愛理を疎んじるようになるだろうか。邪険に追い払うだろうか。一方的な思慕を押し付けるために来るのではなかった。

ネッドが戻ってきた。

彼の暗い表情に、やはり、と愛理は胸を痛めた。こちらへ、と、手で促されるまま長椅子を立ち、客室を出て、階段を下りた。やはりエリ・ジョクラスは腹を立てているのだろう。このまま玄関から追い出されて、二度と来るなと言われるのだろう。

と、ネッドは玄関の方ではなく、一階のさらに奥、そんなものがあるとも知らなかった地下に通ずる階段へと愛理を導いた。どこに連れて行かれるのか。むわり、足下から土の臭いが立ち昇ってくる。ネッドは躊躇無く下りてゆく。愛理は一瞬、出しかけた足を泳がせ、思い切って下ろした。ネッドの背を追いかけた。土の臭いが濃くなってゆく中を。

階段の、最後の段を下りきった前に、内へと扉を開いた部屋があった。土の臭いの湧き出す泉。「こちらへ」再び促す男の声。

愛理は思い切って踏み入った。


最初に目に入ったのは、壁に空いた大きな穴だ。土の臭いの源泉はそこだ。崩された壁の煉瓦は、穴の左右に小さくない山を作っている。山の麓には鶴嘴《ツルハシ》や、土木用のシャベルがいくつも転がっている。穴の中は闇。地下室は薄闇。天井からぶら下がる頼りないオレンジの照明の下、分厚い木製の箱が置かれていた。ちょうど、人が一人横たわれる程度の長さと深さの。表面には、蔓性の植物を思わせる装飾が彫り込まれている。葉の隙間で戯れる妖精が彫り込まれている。気品と美しさが感じられた。同じ意匠が施されているだろう板が、ちょうど蓋になりそうな板が脇に斜めに立てかけられている。

「ネッドは下がりなさい」箱が口を利いた。エリ・ジョクラスの声で。マダムに仕える男は声に従って消えた。戸口の外へ。

「エリはこちらへ」

呼ばれるままに吸い寄せられていた。長い箱の真横に。

見下ろせば、見知った女性の姿がある。波打つ艶やかなブルネット、白磁の美貌、朱い唇。時代を何世紀も遡ったかのような古めかしいガウンをまとって横たわっている。

「あなたは、神秘を学んでいると言いましたね」蒼白い瞼は閉じ、朱い唇を開き、半ば眠れるエリ・ジョクラスは話かけてきた。「わたくしのようなものについては教わらなかったかしら」

それは古典映画や小説に棲む存在だ。真昼を棺の中の眠りの内に過ごす者など。

「この、わずか数日で」エリ・ジョクラスは続けた。「あなたは、わたくしに強く惹かれたはず」

ええ、と、愛理は肯いた。

「喉も渇いて仕方がないのではないかしら」

「ええ……」

「わたくしが仕向けたことです」棺の声が追い打ちをかける。「あなたを魅了したのはわたくしの魔眼。今は瞼を閉じているから、わたくしの言葉も理解できるでしょう。己の置かれた状況も理解できるでしょう。あなたの喉が渇くのはわたくしの血を口にしたためです。あなたに勧めた酒に混ぜていました。今は少し苦しい程度で普通の食事もできるはず。真昼の陽の下も歩ける。ここまでそうしていらしたように。けれども、これを過ごせば人の生き血でしか満たされなくなる。陽の光を浴びては動けなくなる。わたくしと同じ身の上となるのです」

なんと応えればいいのかわからない、常人ならぬ夫人の告白だった。「わたくしは、夜の魔物です」昼を眠り、夜に目覚め、血を啜る。昔話の伝えるところでは。

「絶望していますか？」魔物が問うた。

「わかりません……、私、自分の気持ちが……」

絶望している？

頭の隅で明るい声が問いかけた。あの時も自分は、わからないと答えたのだった。

ハーリー……！

ずっと忘れていた虹色の影。エリ・ジョクラスに魅了され、探すことも問うことも止めていた。ケンブリッジの閉ざされた学舎を出てボストンまで足を伸ばしたのは彼のためだったのに。時の過ぎるのも忘れて歩き回り、夜のレッドラインに乗ってしまったのも。ネッドとエリ・ジョクラスに出会ったきっかけも。

「わたくしから自由になりたいと思いませんか」エリ・ジョクラスが問いを重ねた。

「待って！」と、愛理は押しとどめた。片手で顔を押さえ、ハーリーの面影を逃さぬように。「私からも質問させて」

「何かしら」

「マダム……」荒く乱れそうな呼吸を整え、「プライドパレードの日の夜に、虹色のドレスを着た男性と出会いませんでしたか？」

「虹色の？」

「ドレスです。大柄の、はちきれそうに逞しい、アフリカにルーツを持つ男性です。あの日、虹色のドレスを着ていたんです。ハーリー・ウォーランドという名前です」

「わたくしは人の名も顔も憶えません」エリ・ジョクラスの返答は冷ややかだった。「よほど興味を惹かれぬ限りは忘れます」

愛理は、絶望という言葉を噛み締めた。

「けれど、それほどに目立つ風体ならば多少の興味は惹かれたでしょう。いいえ、わたくしは、そのような男は知りません。出会ってはいないでしょう」

絶望は去った。よかった、と、愛理はつぶやいた。右の目尻から一粒、涙がこぼれた。

「何がよかったのですか」

「あなたを憎まずに済みそう」

「わたくしを……憎まない？」棺の女の声が訝《いぶか》しげに漣《さざなみ》たった。

「ハーリーはあの日から行方が知れないんです。あなたと遇《あ》っていないなら、あなたのせいじゃありません。だから、あなたを憎まなくてもいい」

「仮にあなたの友人を手にかけていなかったとして、わたくしが伝説に語られる夜の魔であることに変わりはありません。あなたを陥れようとしたのですよ？　わたくしから自由になりたくはありませんか？」

「どうしろと」魔性の夫人の言葉の意図を、愛理は測りかねた。何を望まれているのか。

「そこにある、鶴嘴でもシャベルでもよい、わたくしの胸に突き立てなさい。心臓の真上です。陽が中天を過ぎ西へと角度を変えるまで、わたくしは身動きができません。実行に移すなら、今。それであなたは悪夢から解き放たれるのです」

彼女を滅ぼせというのか。

「できません」なぜか返答はするりと口からすべり出た。

「そう……」魔物の朱い唇は物憂い息を吐いた。「あなたは軟弱な現代人だから……」

「そうではなくて」愛理は否定に首を打ち振った。「滅ぼしたくないんです。多分……、あなたを」

「わたくしに。憐れみをかけるというのですか」

「ええっ？　そんなっ……」思いもよらないことだ。夫人の恐ろしい正体を知ってしまったこの場で憐れみを覚えるなど。「違います」

「では、なぜ？」

「わかりません。本当にわからないんです、私、自分の気持ちが……」

二人の女の間に、寸時、沈黙が落ちた。

「ばかな娘《こ》」沈黙を破った声はわずかに震えていた。「わたくしの存在がある限り、あなたは苦しみ抜くでしょう。やがては恨みに思うでしょう。あるいは、わたくしの牙がその喉に突き立つ時に、後悔を覚えることでしょう」

「そうかも」手を胸に、心臓の上にあて、哀しく、訝しく、愛理は小首を傾げ微笑んだ。「でも、どうして、そんなに滅びたがるんですか」自ら正体を明かさずに、これからも騙しおおせることも可能だったというのに。

棺の中の白い美貌にも、戸惑いの色が浮かび、微笑みへと変化して消えた。

「わかりません」魔物は答えた。「この身が滅びを望むとは、今日、この時を迎えるまでは思いもよりませんでした。わたくしにも解らぬ己の気持ちというものがあるのですね」もうお行きなさい。促す響きは優しかった。「お行きなさい愚かなエリ。わたくしの心が変わらぬうちに。この身体が動かぬうちに」

「そうします」解放の言葉とともに愛理を支配していた緊張は解けた。出口となった部屋の入り口に半ばほど足を向け、「ただ」と、名残惜しむ心地で棺の女に、これを最後と話しかけた。「あなたは私にとって、悪夢じゃありませんでした。私は別の悪夢から逃れたくて、あなたの夢にすがって来たんです」

ガタッ、と、棺が動いた。動けぬはずの魔性の女が身動ぎしたのだ。「燃え上がる三つの眼」吐き出された声は、照明の色も変えぬまま部屋の薄闇を濃い闇に変えた。室温が急激に下がった。

「そう……、憶えていたの……。自覚していたの……。あれを……」

愛理は震えていた。寒さのためだけではない。エリ・ジョクラスも、あれを知っていたというのか。

あの、蔑む眼を。「マダム?」

「ミスカトニック大学。アーカムのミスカトニック大学に連絡を取りなさい、エリ……。ジョナサン・アーミティッジ教授は、そこに居るはず」

主の寝室である地下室に愛理を導いた時から、ネッド・ブレイクは覚悟を決めていた。どちらの手によるにせよ致命的な流血はあるもの、と。いずれにせよ彼は何もできない。呪縛された従僕の身では。ただ待つのみだ。

しかし戻ってきた窕城愛理は、表情こそは硬かったものの無傷であり、血の臭いは一切させていなかった。むき出しの首はなめらかなままだ。一方、ネッドも変わらず従僕のままだった。主は滅びていない。一体、どのようなやり取りが地下で行われたというのか。

地下への下り口、地下からは一階へ最後の一段になる階段脇に控えていたネッドを振り仰ぐや愛理は表情を翳らせた。

「ごめんなさい」と、なぜか。「あなたには……」口ごもり、巴旦杏の瞼を一度伏せ、開くと、しっかりとした口調で「失礼します」頭を下げた。新たな目的を得た足取りで出て行った。魔の支配する領域から。

「マダム?」入れ替わりに下りて、ネッドは女主人の様子を伺った。部屋には一見して変わりは無い。

「マダム? 彼女に何を?」

目覚めの近い、未だ覚醒しきらぬ魔性は、棺の中で荒く胸を波打たせていた。動けぬことがもどかしいとでもいうように。

「追いたいか？」常の艶を忘れた声が、問いで問いに返した。「追ってもよいぞ。今日だけは、そなたの好きに振る舞うことを許す」

ネッドはそうした。

（三）

停電を起こさねばならん。

オリバー・ライトウェイ老人は変電所の位置と所轄する範囲を詳細に調べあげ、紙の虫を放った。己の身体の一部を分け与えた呪具の使用は、あまり好ましくはないのだが、事は急がれる。夏至は今夜。今宵、停電を起こさなければならない。ボストンの街を闇に包まなければならない。街が人工の灯りの絶えた闇にならなければ、地下で飼ってきたあいつらは這い出してくることができない。

紙の虫なら大丈夫だ。飛ばした先に術者はいない。相手は人ですらない機械だ。少しばかりの火災を起こしてやるだけだ。燃え尽きれば中に包み込んだ自分の一部——涙ながらに、薄くなった頭から抜いた髪を細かく切って仕込んである——も、共に燃えて、誰の呪力も及ばなくなる。証拠も残らない。

夜に備えて窓という窓を開け放ち、地下室の扉の鍵も開け、玄関の鍵まで開け放って、オリバー・ライトウェイ老人は家を出た。盗人よ、入りたければ入るがよい。最も貴重な品は家には無い。神秘の宝石と宝石箱を収めたジュラルミンケースはライトウェイ老人の手に下げられていた。

白昼のレッドラインのホームに異常は無かった。魔性の従僕どもが集うのは日が暮れた後に限られるようだ。元々従属を強いられたのが、その時間帯の利用者だったのか、『成りきっていない』とはいえ白昼の陽光は忌むものなのか、それとも夜に目覚める主人が、集合の号令をかけるのか、彼らから血を採取するために。

いずれにせよ真昼に魔の主君に遭遇する心配は無い。ライトウェイ老人は安心して北行き列車に乗り込みケンブリッジに向かった。

孫のバーサによれば、麦藁色の髪の男はいつも昼過ぎに研究室棟の前に現れるという。逃すわけにはいかぬから、ちょいと早く張り込むとしよう。時計が正午を差す、かなり前に、老人は現地に到着した。開け放たれた、真理の盾を掲げる校門をくぐり、老ライトウェイは入りこんだ。ありし日には観光客ですら自由に見学に訪れたという学舎の庭だ。老人一人入り込んだとて、咎める者も居ない。ましてや彼は、本学学生の保護者なのだ。堂々と、孫から送られてきた写真にあった研究室棟の前まで歩き、木立の陰で腰を下ろした。ジュラルミンケースを膝に抱え。

待ち構えた。罠にかけるため。見逃しはしない。待ちぼうけもすまい。あの方の意思がこの身を導いている。老人は強く確信した。思えば、孫娘の同室に、花嫁となる娘が入ったのも大いなる意思の導きであったろう。

きっと上手くいく。敵対する者の下僕を陥れ、パークストリート駅まで戻る。それから紙の虫どもに指令を与え、街にちょっとしたトラブルを添え、公園《コモン》で夜を待とう。運命の動く夜を。

公園《コモン》は良い場所だ。昔は処刑に使われていた。さほど遠くもない近代という過去に上げられた、悲痛の叫びが、怨嗟の声が、それを見物として愉しんだ者たちの怒号が歓声が、今も木々の間を風となって渡る。好ましい空気に満ち満ちている。うってつけの舞台もある。あの円を描いて並べ立てられた古風な柱が、追われた地に並び立つ環状列石を思い出させる。
柱の上を覆う屋根だけが目障りだが、次元を超える存在にはこの世の屋根など妨げにもなるまい。

真理の盾を門柱に掲げた校門には、学生にとって看過できない噂があった。広く開かれた正門をくぐると卒業できないというのだ。だからみな、その脇に小さく開かれた門をくぐる。学生ではないネッド・ブレイクには関わりの無いことだ。ネッドはいつも堂々と正門をくぐる。学生である彼女を連れて出る時は脇の門を選ぶけれど。

地下鉄一本の差で先に戻っているはずの彼女は、もう研究室棟に入っているだろうか。目的の部屋の鍵は開けられただろうか。ここ数日の日課のごとく通った彼女の教授の研究室に、足早に向かおうとした途上で声が掛けられた。

「おまえさん、従僕《サーヴァント》だね」

ぎょっと振り向いた視線の先に、小さな老人が居た。地肌の透ける薄い髪はまだらに白い。眉はほとんど無い。頭蓋骨に皮を張ったような骨張った顔で、大きな眼窩にギョロギョロと、狂的な意思を宿した青灰色《ブルーグレー》の眼を光らせていた。痩せた枯れ枝の腕にジュラルミンケースを大事そうに抱えていた。

「首を隠していてもわかる」老人は言った。「何、危害を加えようというのではない。今は迫害の時代ではない。そうだろう？　人々は迷信を捨てた。おまえさんらが世に紛れて生きてゆくのもだいぶと楽になったはずだ。だが、もし、おまえさんが今の身分に不満があるのならば、助けてやれるかもしれん。少し話を聞かんかね。長くはない。少しだけだ」

戯言《たわごと》だ。

この老人は頭がどうかしている。

けれど、ネッドが従僕だと言い当てた。一目で言い当てた。危険だ。始末しなければならない。本来ならば。だが……。

助けてくれると言った。

今の身分に不満があるのならば。

不満なら、ある。ずっと不満だった。ここに来て諦めるに諦めきれない事態に陥り、葛藤は耐え難く膨れ上がっていた。ネッドは吸い寄せられるように老人に歩み寄っていた。老人が、大事そうに抱えていた安っぽいジュラルミンケースから片腕を解いた。ネッドに向けて差し出した。手は拳を作っている。その手をとった。拳が開かれた。クシャクシャと握り潰されていた紙屑が、ネッドの掌に転がり落ちた。

「開いてごらん」

言われた通りに紙屑の皺を伸ばして開いてみた。何かのフレーズが書かれている。ネッドの知らない言葉だ。発音の困難なその文字列を読み上げようとして「今はだめだ」止められた。

「今はだめだ。まだ時間ではない。此処でもだめだ。必要な物が揃っていない。夜。場所は、おまえさんがこれから向かう部屋。いいかね、おまえさんがこれから向かう部屋で、夜、それも今夜だ。暗くなって誰も居ない時にそれを読み上げろ。あの部屋には力有るものが在る。それがおまえさんを今の身分から解放してくれるだろう」

言うや、さっと後退って、身を翻し去って行った。門の方へ。門の外に向かって。

紙屑を、何故か捨て難く、ネッドはまた握り潰してボトムのポケットに押し込んだ。

従僕は主に逆らってはならない。

逆らうことにはならない。

主を傷つけてはならない。

傷つけろとも言われていない。

自由を欲することは反逆ではない。この意味不明な文字を読み上げても主は傷つけられない。主を傷つけずして自由が得られるのならば願ってもないことではないか。問題は、どのようにして、指定の時間にこの場所に戻るか、だけだ。

老人の言葉を信じてしまったのは、あの大きな眼に宿る強い光のせいかもしれない。

術中にはまったネッドは気づいていなかった。老人の眼もまた、人間の眼ではあるが人の世ならぬ世界を覗き見た、呪術を極めた者の持つ、人を魅了する魔眼だった。ネッドを縛る従僕の禁忌に触れず、ネッドに操りの糸をかけた。言うまでもなく、彼に話しかけたのはオリバー・ライトウェイ老人、その人だった。


ネッド・ブレイクが追いついて来た時、愛理は紙の山を崩し広げている最中だった。

アーミティッジ教授はまさしくミスカトニック大学におり、電話口に出てくれた。何かひどく憔悴した声だった。相変わらず親切ではあったが教授には教授の何かしら悠揚ならざる事情が有るようで、愛理は自分の事情を完全には伝えることができなかった。何と言っても夢の話なのだ。いくら不吉な夢だといって、切羽詰まった状況にあるらしい老人の心痛を過剰に増やすことは躊躇われた。

エリ・ジョクラスが教授の居場所を知っていたことも気にかかる。彼女は魔性だ。教授の突然のアーカム行きに、彼女は関わっているのではないだろうか。教授を追い詰めている当事者ではないだろうか。

受付に、愛理のスマホを通じて、アーミティッジ教授は研究室の鍵の貸し出しを要請してくれた。マシンの中身にも興味はあったが、パスワードまでは尋ねられなかった。電話でのやり取りではセキュリティもへったくれもない。呪わしい名も口にするのは憚られた。研究室の主、当人が目の前に居ればもっと核心を突いた話もできたかもしれないが。

したがって、否応なくアナログな資料に総当りすることになったのだ。

「ネッド！」

よもや同日に見るとは思わなかった麦藁色の頭が、ノックとともに戸口から覗くのを見て、愛理は手にした紙束を取り落した。無秩序を広げてしまった。

いったい何をしに来たのだろう彼は。昨日までとは状況が違う。愛理がもう、彼の女主人の正体を知っていると、彼も知っているはずなのに。

「どうして……」身構える愛理に、「何か手伝えることがあれば、と思って」実直そうな男は実直そうに答えた。「マダムから許可は得ています。今日は僕のしたいようにしてもいいと」

「どうして私なんかに」言いつのれば、「僕の事情《プライベート》を知る必要がありますか？」寂しげに微笑んだ。話したくないのだろう。

いずれにせよ時間は無い。おそらく無い。そんな予感がする。

それに協力者は、居てくれた方がありがたい。エリ・ジョクラスに仕える彼は、エリ・ジョクラスの意思に反して愛理に乱暴に振る舞いはしないだろう。地下室を後にした時に見せた、女の姿をした魔性の優しさを思う。ネッドにかけられた呪縛をも思う。

「ごめんなさい……」エーコンの屋敷を去る時にも口にした、謝罪を愛理は繰り返した。

「何がです？」

「私には、あなたを自由にできる機会があったのに……」

「あなたの手には余る仕事です」ネッドも優しい。いや、彼は初めて出会った時から優しかった。地下鉄で警告をしてくれた。逃げるように、と。彼の女主人の手から。

彼の優しさの理由は、彼の話したくない過去にあるのだろう。

ネッドの過去は、エリ・ジョクラスの過去と共にある。きっとつらい思いをしたのだろう。ネッド以外にも多くの人をエリ・ジョクラスは苦しめたのだろう。それは愛理の想像も及ばない、非道い行いだったに違いない。滅ぼせばよかったのかもしれない。滅ぼすべきだった。できなかった。

魔性の女が愛理に機会を与えた時、その機会を無駄にしてしまった時、軟弱な現代人、と、やんわりとエリ・ジョクラスは罵った。その通りだ。だが、それだけではなかった。土臭い薄闇の中、死体さながら棺に横たわる女が、あの時、侵してはならない、損なってはならない神聖なもののように見えたのだ。魔性なのに。

後悔はあった。なのに正しい選択を行った確信もあるのだった。

「今は」と、用心深く、床に広がった紙のカオスを踏まぬよう、歩み入ってきたネッドは愛理に提案した。「今できることをしましょう。僕が自由に振る舞えるのは今日だけですから」

明日には事情は変わるかもしれないから。

エリ・ジョクラスの心も変わるかもしれないから。

「ありがとう」そう応えることしかできなかった。声は、こらえた涙に滲んだ。

彼の手をとり、広げた紙の海を用心深く案内して、「この中から」と指示した。「Ｙ・Ｏ・Ｇという文字列を見つけて欲しいの」

ワイ・オー・ジー、と愛理は発音した。記憶にある発音は忌まれる気が、何故かしたのだ。電話で、アーミティッジ教授にいま一歩強く迫れなかったのも、そのためだ。距離としてさほど遠くはないアーカムへ、教授を追って行けなかったのもそのためだ。博識とはいえ常人でしかないだろう、善良な老教授を巻き込みたくはなかったのだ。

「多分、固有名詞の一部。文章の中に紛れてるかもしれない。落書きとか、メモとか、詩みたいな、そんな」自分で説明しながら、あまりの曖昧さに呆れた。人に頼むような内容ではない。「お願いしていいかしら？」

ネッドは快く引き受けてくれた。

(四)

陽のある間も意識はある。動くのが苦しいだけだ。エリ・ジョクラスは地下室の棺から起き上がった。日の出から、太陽が中天を指すまでは、この中、棺を満たす湿気た土の上に身を横たえなければならない。彼女を縛る最大の呪いだ。だが、陽が西へと傾き始めた頃から動くことはできる。陽光には耐えられないが、陽の差さない場所でならば行動はできる。

重い身体を引きずって、いつものように来客を待つ部屋へと階段を上がった。彼女のエリは今日はもう来ないのに。これっきり、来ないかもしれないのに。エリ・ジョクラスは苦笑した。いったい何の未練でこの重さに耐えているのか。

陽を防ぐのに苦心した昔を思い出し、また苦笑をこぼした。城で暮らしていた頃のことだ。

女主人であった彼女の我侭の大抵は聞き入れられた。ひきつけを起こして倒れた後、治療のためと称して墓所の土を詰めた箱を持ち込ませるのもさしたる苦労ではなかった。陽光を避けるのもさほど難しくはなかった。彼女は陽の下で働く身分ではなかった。城内の鏡を全て割らせ捨てさせた時だけはいささか訝しがられた。とはいえ、彼女自身は鏡を見ずとも身繕いに不自由はしない。

午前は気分がすぐれぬと、特別にしつらえさせた天蓋の下、幾重にも分厚いカーテンを巡らせた中で臥せるふりをして箱に潜り込んだ。午後にベッドの中から、領国の運営のための差配をした。戦場にばかり出向く夫に代わり、財産の管理はほとんど彼女に任されていたのだ。

狩りは夜、城の外で行った。従僕も作らず血を吸い尽くしては心臓をえぐった。得体のしれない殺人鬼の跳梁《ちょうりょう》に城外の者たちは恐怖に震えた。城内は平穏だった。彼女は狡猾に振る舞った。正体の露見せぬよう、滅ぼされぬよう。

不名誉な噂が立ったのは、夫が身罷り、彼女自身が領国の主として立つようになって以降だ。表立って教会と諍《いさか》うようになってからだ。あの十字架は見るだに胸が悪くなる。聖句にも身震いがする。真似事にも十字など切りたくない。彼女は聖職者を遠ざけた。聖職者を怒らせた。宮廷との仲も悪化した。あれこれと言い訳をして招請を断り続けたためだった。彼女としては気楽に旅に出られる状態ではなかったのだが、そんな事情は知られてはならない。知られずとも、彼女の挙動不審は様々に疑惑を招いた。

曰く、異端である。曰く、宮廷に叛意を抱く、と。

「いつまでも若々しく美しい」という噂が、彼女の立場をさらに不利にした。美と若さのために何か邪悪な秘儀を行っているのではないか。教会と宮廷に背く秘密結社の一員ではないか。魔女でないかと疑われたのだ。

彼女は魔女ではない。異なる魔性だ。

そんな違いなど、疑念を抱く者たちには些細なものだ。どちらであれ排斥の対象に変わりはない。そして、「いつまでも若々しく美しい」のは事実だった。隠し通そうにも、侍女たちの口に蓋はできなかった。浅はかな小娘たち。口の軽さの報いに思い至らなかったのか。

彼女は教会からは敵視され、宮廷からは疑惑の目で見られ、元は血族であった一門からも見捨てられた。いや、一門は、彼らの名誉と地位を守るためには力を尽くした。彼女は異端でも魔女でもなく、稀代の殺人鬼として告発された。殺人など、戦場では日常的に為されているものを。教会ですら、神の敵を裁くとの名目の下で度々に手を下しているものを。

——彼女が殺人鬼であることには間違いはなかったのだが。

証拠はでっち上げだった。昼間動けぬ彼女の目を盗んで、無いはずの遺体が外から運び込まれていた。彼女が用いるはずのない下劣な拷問具や処刑具によって作られた遺体だった。軽率な侍女たちは、告発者たちの手によってなる拷問で、行われなかった拷問と処刑が、女主人の命によって行われたと、次々に告白した。望まれるままに血なまぐさい物語を紡《つむ》いでのけた。

疑惑の果てが幽閉とは。思い出すたびに笑いが止まらなくなる。告発者は彼女の正体に、ついにたどり着かずに終わったのだ。

陽光を遮る思案をせずに済む生活は、快適なくらいだった。変化《へんげ》すれば小さな明り取りの穴から難無く出られた。城の上に据えられた、絞首台を模した虚しい飾りを何度、外の城壁から仰ぎ見てせせら笑ったことか。黒い獣となって嘲《わら》ったことか。引き払ったのは茶番との付き合いに飽きたからだ。

その頃には彼女は従僕を作ること、操ることにも慣れてきていた。昼夜問わずに動ける従僕たちに彼女のための新たな棺を作らせ、夜のうちに横たわり運ばせた。空《から》になった幽閉の城を後にした。

過去の旅路に思いを馳せるうちに、ふっ、と、明かりが消えた。雨戸を立てて遮光カーテンを閉じた部屋は闇に沈んだ。何かの機器の故障だろうか？　いや、彼女の鋭い耳は外の騒ぎを聞きつけていた。停電。それも大規模な。

ネッドを呼んだ。沈黙が返答だった。

そうだ、彼は今日一日、自由にしてよいと解き放ったのだ。今頃は、もう一人のエリに追いつき、つきっきりとなっているのではなかろうか。去りし日に愛し、失った女の面影を宿した娘に。

さらに一つ、思い出した。

アーミティッジ。

昨夜、支配下に置いた少女とその父を連れてケンブリッジの碩学《せきがく》のもとを彼女は訪ねたのだった。その昔、環状列石のある片田舎の丘で、あれの私生児を始末したという男の子孫。研究も受け継いでいるという老人。あの時点では企みに不可欠な人材だった。

今は違う。

口の上では脅しはしたものの、地下室より解き放ったエリを手中に収める意欲を、今の彼女は失っている。あれを排除する理由は無くなったも同然。

なのに思えば苛立つ。

今朝の出来事が昨夜より前に起こっていれば、彼女は老人のもとを訪れなかった。彼女が老人のもとを訪れていなければ、エリは、少なくとも朝のうちに彼女を訪ねることはなく、今朝の出来事は起こらなかった。或いはあのエリが自ら、炎の眼の呪縛を解き、何の支障も無く、彼女はエリを我がものとできたかもしれなかった。間が悪い。打つ手が裏目裏目と出ているようだ。

ぎりり、と奥歯を噛みしめる。牙を軋らせる。

もはやどうでもよいことではなかったか。いや、よくはない。手放したエリを、だからといって、あの忌まわしき神を僭称《せんしょう》するモノが弄ぶなど許し難い。彼女が一度目をつけたからには、牙を立てようが立てまいが、エリは彼女のものなのだ。

老人は、彼女の依頼に「アーカムに戻り、先祖の日記を調べなければ」と答えた。「写したものだけでは足りん。原典をあたらなければ、そのものの作成は困難だ。死霊秘法《ネクロノミコン》の写本はこちらにも所蔵されてあるが、あれに関わる経緯《いきさつ》を記したノートはミスカトニック大学に寄贈したのだ」

あの男はアーカムで約束した作業に勤《いそ》しんでいるだろうか。エリはあの男を追って行っただろうか。いや、老人はエリに構ってはいられぬだろう。追い返したかもしれない。孫と息子が人質にとられているからには必死であろう。今朝の彼女の心変わりなど知り得るはずもない。二つの事件が、一つの同じ根から発しているなどとは知り得るはずもない。

例のものができていれば、エリをあれから助けることができる。が、昨夜の約束が果たされたとして、この停電では、老人はボストンまで肝心のものを運べぬだろう。戻って来られたとしてケンブリッジまでか。

「ええい、忌々しい！」

気怠さを振り払ってエリ・ジョクラスは立ち上がった。音高く手を打ち鳴らした。

地下の穴の中に身を潜めていた木偶たち、元のエーコンの住人たちが、ずりずりと這いながら上がってきた。「早くせぬか！」彼らをのろまに変えた女主人が理不尽にも叱咤する。「これより出かける。身支度を手伝え」もどかしくガウンを脱ぎ捨てた。

陽光の下は走れない。だが、この地下からはレッドラインに通ずる道がある。地下を伝ってケンブリッジへ。それから日没を待つとしよう。あの老教授を出迎えるために。


Y・O・Gという文字列には見覚えがあった。彼が外で老人から手渡された紙屑に書き殴られていた。Y・O・Gの次は、S・O・T・H・O・T・H、多分、ゾトスかソトースと読む。紙屑の話をネッドは愛理にはしなかった。してはいけないように思えたのだ。理由はわからない。

自分自身の行動に理解に苦しみながらも、あの紙屑のおかげで愛理の期待に応えやすくなったと喜んだ。Y・O・Gだけでは見当もつかなかっただろう。

Y・O・G＝S・O・T・H・O・T・Hは、あるノート冊子の中に複数見つかった。愛理に教えると飛びついて喜んでくれた。薄手のチュニックに包まれた身体が柔らかい。胸が熱くなった。顔を赤らめて身を離す愛理が愛しく思えた。報われぬ想いであるが。

手渡したノートの表紙には、『死霊秘法抜粋、チャールズ・ウォード事件、ダンウィッチ、フェデラ・ヒル、他を巡り』と、走り書きのタイトルがあった。

これで後は自力で調べられる、と、愛理は何度も礼を言った。こそばゆいほどだった。教授の研究室に鍵をかけ、二人で管理人室に返しに行った。職員が鍵をどこにしまうか、ネッドはその目で確かめた。

ノートを抱いた愛理が手を振り女子寮に入るのを見送ってから、研究室棟に戻った。ひっそりと管理人室に潜り込んだ。人目に触れぬ物陰に隠れた。

「夜に」と、老人は言った。行動は夜に。

第七章　夜来る

（一）

パークストリート駅を出てすぐに紙の虫に指令を出した。背後から湧き出す慌てふためいたどよめきにほくそ笑む。今頃、変電所のあちこちに火の手が上がっているはずだ。消火剤では消し止められない呪術の火が。停電は長引くだろう。一昼夜は充分に闇に沈められるはずだ。

停電の範囲は、彼の自宅のあるチェスナットヒルから公園《コモン》一帯まで。そうなるように仕掛けた。闇に潜むものどもはビーコンストリートを東から西へ駆けて来ることとなるだろう。彼が抱くジュラルミンケースの中身に導かれ。――日が落ちてからだ。

日が落ちるまではあれは動けない。闇の中でしか動けないのだ。封は解いてやったが、チェスナットヒルは、まだ平穏な午睡にまどろんでいるだろう。

「暇だの」口の中で呟きながら、オリバー・ライトウェイ老人は緑地に足を踏み入れた。

暇の理由は、麦藁色の髪の男の来訪が、予想外に早かったことにある。昼過ぎではなかった。正午より早く来た。不甲斐ない孫娘を胸中で罵りつつ、自らの用意の良さには賛辞を送った。家を早く出てよかった。早目に現場に待機し、正解だった。これも、偉大なるあの方のお導きだろう。何しろ自分は誰よりもあの方を深く信奉する、正しき道を行く者なのだから。

打つべき手は考えられる限り打った。それらが本格的に動きだすまで数時間はかかる。いずれも夜を、闇を待っているのだ。夏至の日は長い。

天気は曇り。雨の気配は無いが、雲は厚く気の重くなる薄暗い昼間だった。散策の人影も少ない。市民の憩いの場所だが、こんな日は緑地に寝転がりたいとも思わないものだ。

雲の上にあの方の気配がする。意識をそちらに向ければ身震いを覚える。恐怖と悦びで。この身があの方を信奉する身で幸いだ。ライトウェイ老人は心の底から感謝した。夏至の夜、今宵、あの方は選んだ妻を娶る。契る。運命の御子は必ず宿る。

その先がまた、人にとっては長いのだが、まずは第一歩だ。偉大な一歩だ。できればダンウィッチで行いたかった。花嫁を運ぶには遠すぎた。人の身とは不自由なものだ。

歩く老人の視界に、丸みを帯びた屋根と、下に規則正しく並ぶ柱が見えてきた。パークマン野外音楽堂。様々な演奏や芝居が演じられてきたステージで、今宵、歴史的に最上級の公演が催される予定だ、彼の手で。

ステージの側に人影があった。見知った影だ。しばらく顔を合わせてはいなかったが。

「お祖父ちゃん」と、人影が声をあげた。手を振った。「バーサ……」何をしに来たのかと、老人は毛の抜けきった眉の瘤を寄せた。

「お祖父ちゃん、ここに来ると思ってた」にこやかにバーサ・ラヴィニア・ライトウェイは歩み寄ってきた。「お気に入りの場所だものね。処刑された者の思念の谺が聞こえるって、来るたびに言ってた。笑ってたね」

「何をしに来た」警戒に、ケースを抱いた腕に力を込めた。

「あら、ご挨拶」と、バーサ。「あたし、あれだけ協力してきたんだもの。記念すべき時に、立ち会ってもばちは当たらないんじゃない？」

「寮に戻っておれ」

「地下鉄は止まってるじゃない。お祖父ちゃんがやったんでしょ」

ぐぬ、と老人は呻いた。まさにバーサの言う通りだった。今までいいように使い走りをさせてこき使ってきた孫を、栄光の時に立ち会わせたくないという気持ちが何故かしたが、追い払う手は自分で封じた後だった。

「もしかして、今夜ボストンに居ると危険だとか？」

「そ、その通りだ」

「でも、お祖父ちゃんのそばに居れば安全よね。他のどこに居るよりも。だってお祖父ちゃんは偉大な術師で、あの方の司祭なんだもの」

「その通りだ」褒められ、強張っていた頬が口許が緩む。気を張るばかりのこのお役目。苦労を理解してくれるのは目の前の孫娘、ただ一人かもしれん。

歩み寄ってきたバーサは、肌の触れぬ絶妙にすれすれの位置に、横に、並んだ。横目にバーサの頭の先から足の先までを眺め、ライトウェイ老人は、思いもかけぬ感嘆を覚えていた。

バーサと直に会うのはここ最近では二年ぶりくらいだ。こんなに魅惑的な娘に育っていたのか。幼い頃は、骨っぽい、そばかすの多い陰気な子供だった。一年前も、幼少の印象を縦に引き伸ばしたような娘だった。何事にも素直で従順だったが、それを美点とも感じなかった。記憶力と頭の回転の速さだけは、頼もしく思えたものだった。

変化はいつの間に起きたものか、今隣に立つバーサは、長く引き伸ばされた骨の上に適度な肉と脂肪をのせていた。適度に分厚く、柔らかそうだ。ホットパンツから刺激的な生々しい長い脚を突き出させ、裸足にスニーカーを履いている。重そうな胸に無防備にタンクトップをかぶせ、上から薄手のシャツブラウスを羽織りボタンは止めずに腰の上で裾同士縛っている。娘らしいファッションの一環か、首に派手なスカーフを蒔いて小洒落た結び目を作っている。昔から行儀悪く収まりの悪かった飴色の髪はボブに、首の周りに挑発するような悪戯っぽい表情を作っている。少し天を向いた鼻も、生意気そうに尖らせた口も、相変わらずのそばかすも、見ようによっては可愛げに見える。化粧けは無いくせに、唇だけは色気づいているのか赤くルージュを乗せていた。孫が色気づいたと思うと腹立たしい気持ちに、ライトウェイ老人はなった。嫉妬だ。

祭祀を継がせるために、たった一人の孫娘に子を作らさねば、とは、以前から考えてはいた。魅力の乏しい娘と侮っていた頃は、行きずりの男でも引っ掛けられれば御の字との気持ちだったが。蛹から蝶に羽化するごとき姿を見せられると心が揺らぐ。行きずりの男には惜しい。

自身に男として振る舞える力は残っているか、と身体の芯に問いかけた。むろん、その種の行為は社会的には悪だ。——俗社会の倫理に囚われるオリバー・ライトウェイではない。口説けばバーサは逆らいはすまい。何しろ、この祖父に逆らった両親は……、祭祀を捨てて逃げようとした男女は、幼い彼女の目の前で闇に貪り喰われたのだから。

「ねえ、待つ時間は沢山あるんでしょ」甘えた声でバーサが言った。

「そうだな、日がすっかり暮れるまでな」

「立ちっぱなしもなんだし」と、老人をベンチに誘った。「ねえ、時間までお話ししましょうよ、久しぶりなんだし」ライトウェイ老人は頷いた。

軽く触れた娘の指先が、ほのかに冷たく感じられたのは、陽光の熱を遮る分厚い曇天のせいかもしれない。


ケンブリッジの、麻痺した地下鉄の出入り口から女が現れた時、周辺の人々のうち何人かは、一瞬ぎょっと目で追ったが、すぐに忘れて混乱の元に意識を戻した。今どきムスリムの女など珍しくもない。黒ずくめで、ヒジャブで頭のみならず鼻の上までマスクのように覆い、手袋をして濃いサングラスまでかけているとは徹底しているが。そのわりに黒いマンハッタンドレスのなぞるラインは蠱惑的だったが。靴の踵は高かったが。それより問題は地下鉄の動かないことだ。ボストンの停電は伝わってきたが、ケンブリッジ区間だけでもなんとかならないのか。復旧までいつまでかかるのか。

黒ずくめの女は、よろめく足取りで大学職員の住居の集まる一画へと向かっていった。陽はすでに落ちていた。空はようやく暗くなりかけていた。光が褪せるごとに、女の足取りは力強くなっていった。


チェスナットヒルの住宅街で異臭騒ぎが発生したのは午後の陽もかなり傾いてからだった。実は異臭そのものは朝からしていたし、以前にも何度か発生したことはあった。以前はほどなく収まった。今回はいつまで経っても収まる気配がない。発生源は明らかだ。オリバー・ライトウェイという老人の住居だ。

オリバー・ライトウェイ老人は、一帯ではちょっと知られた人物だった。よくない意味でだ。疎まれていたのだ。できれば立ち退いてもらいたいと思っている住人も多い。なのに当人を目の前にすると言い出せない。青灰色の大きな眼で見られると、罵声もクレームも喉の奥に引っ込むのだ。差し障りのない挨拶で済ませてしまう。丸めこまれてしまう。

それでもたまには堪りかねる者も出て、数年前に一度、ルイス・ブラウンという男が怒鳴り込みに行ったが、行ったきり帰ってこなかった。老人にルイスの行方を尋ねても「いや、存じません」と答えるし、例の青灰色の眼で見つめられると問い詰めることもできなくなる。捜索願いは出されたが、ルイス・ブラウンは未だ見つかっていない。ただ、ルイスが消えた夜も、異臭はひどかった。一度ひどく一帯に立ち込め、薄れた。

そんなわけで誰もライトウェイ老人宅に乗り込みたくはなかったのだが、あまりの臭さに飯も不味くなるし、見れば老人宅は窓も大きく開け放って、戸も開けっ放しだった。

ルイスは一人で行ったのがいけなかったのだと、近隣住民のうちでも勇敢な、ヘンドリック・ソーヤーとエルマー・ブライが肩を組み膝を震わせながらライトウェイ老人宅の戸を叩いた。返事が無い。覗いてみればがらくただらけの家の中はもぬけの殻。留守宅に踏み込むのはいくらなんでも問題ではないか、と、しばらく押し問答した二人は、話し合いの果てに、言い訳は後で考えようと中に踏み込んだ。二、三歩入って、あまりの不快な臭気に呼吸もままならず飛び出した。

二、三歩しか入れなかったのだから中の詳細な様子など知りようもないが、臭気は老人宅の一室から湧き出ているように感じられたと、エルマー・ブライは言った。「開けっ放しの部屋の扉から見えたんだよぉ」と証言したのはヘンドリック・ソーヤーだった。「あの部屋は、床にも戸があるみたいで、それがぱっかり開いていてよ、このクソよりひどい臭いはそっから湧いていると俺は見たね」

結局、この二人以上の勇気を持ち合わせた住民は他にはおらず、中は呼吸もままならない臭さとの話で、素人は触らない方がいいだろう、となった。警察にも連絡を入れたが、停電のために各所混乱していて捌ききれないとの返答だった。

チェスナットヒルの住民たちは、老人の家ではなく、自宅の戸と窓を固く閉ざし、部屋という部屋中に芳香剤を撒き脱臭剤を置き、これから迫る暗い停電の夜に備えて懐中電灯を引っ張り出したのだった。

街路から住人の姿が消えるのと入れ替わるように、悪臭は一層、濃く、重く、ライトウェイ老人宅の窓から戸口から噴き出した。空が闇色に染まった後には、悪臭以外のものも這い出してきた。

悪臭の源ともいえるものが。

(二)

ようやく夜だ。職員が管理人室から出て行ったのはだいぶ前だ。鍵がかけられ足音が遠ざかったのは何時間も前だ。夏至の日没は遅い。それでも息を潜め、闇が窓を覆う時を待っていた。夜の侵略を待っていた。ほうっとネッド・ブレイクは息を吐いた。見つからぬよう机の下に折りたたんでいた長身を伸ばした。這い出した。馬鹿なことをしている、と自分でも思い、馬鹿なことをしてでも手に入れたいものを思った。

自由。従僕という身分からの自由。あの女からの自由。愛理を助け、あの女を滅ぼす自由——。あの女を滅ぼすことを考えると頭が痛んだ。それは禁忌だ。まだだめだ、そのことは考えるな。自由だけを思え。

アーミティッジ教授の研究室の鍵の在り処は確認済だ。確認した通りの場所にあった。大学のセキュリティはなかなかに甘い。管理人室のドアノブに手をかけて、その甘さに感謝した。外から鍵を掛けても、中からはつまみをひねるだけで開くのだ。危険人物が中から湧いて出るとは考えてみてもいないようだ。この国のセキュリティレベルは、昨今上がる一方なのだが、ここは建物の老朽化のせいもあるのだろう。さほど重要なものを収めているとも思っていないのかもしれない。

感謝しながら、階段を駆け上がり、アーミティッジ教授の研究室のドアに鍵を差し込んだ。開けた。時間は数分とかからない。侵入の発覚も恐れず照明を点け、ボトムのポケットから紙屑を掴み出した。昼間、老人から渡された紙屑だ。広げ、皺を伸ばして向きを確かめる。書かれている言葉は何語かは解らないが文字はローマ字だった。

そうだ。今、読み上げろ。これを読め。声に出して。

イ・アイ・ング・ンガー、

ヨグ＝ソトース

ヘ・エエ――ル・ゲブ

フ・アイ・スロドッグ

グンイルブ・エリ・ウツロギ

オト　エス　コモン

　　ウアアア

秩序を持った混沌の研究机より少し離れて部屋の片隅に置かれていた木箱が、複数の木箱が全て弾け散った。内側からの急激な圧に耐えかねたかのように。同時に、一瞬に。

アーミティッジ教授の言う『塩』や、バーサ・L・ライトウェイが【護衛《クストデス》】と呼んだ存在についてネッドは知らない。ただ何かが、多くの何かが一気に形を成して飛び出す様を見た。何かとともに悪臭が噴き出した。形容し難い、これまで訪れた何処でも嗅いだことのない悪臭。

驚きに目を見開いて全てを目撃したネッドは、同じ瞬間に首を疾走る鋭く冷たい感触も覚えていた。視界が真正面から斜め上へ、前から斜め後ろへ移り変わり、続いて滑り落ち不規則にバウンドしながら転がっていった。倒れる背の高い男の身体が見えた。一番上までボタンを止めていた襟が不自然に破れ、開いてしまっている。首より上は無い。自分の身体だ。ネッドは覚《さと》った。

自由とはこのことか！

呪縛された不自由な身体から解放してやるという意味だったか！

だが、甘い、心臓が無傷だぞ。

首を失った身体は、傷口からボトボトと血を垂れ流しながらシャツをボトムを赤く染めながら、頭部を求め床を這った。爆発の勢いで散らばった紙片や陶器の欠片らしきものが掌や腕や腹や脚に触れ、ガサガサカラカラと音を立てた。一部は肌に刺さった。通り過ぎた後にはべったりと塗りつけた血痕が残る。この惨状を後日目にするアーミティッジ教授には気の毒に。後始末の任に就く者も不運きわまりないことだ。

同情などしている場合ではない。

頭が「こちらだ」と呼び、身体が応え、重い落としものを拾い上げた。傷口の上に乗せた。傷は速やかに消えた。二つの牙の痕を遺して。

従僕の身体の再生力は、口づけを与えた主人の力に比例する。ネッドの主であるエリ・ジョクラスは、永遠の夜を彷徨う者の中でも力有る部類だ。祖の血を直接賜ったと言っていた。血を吸いつくされて『成り』きった劣等《レッサー》な輩とは違う、と。

弾け散った木箱から現れた悪臭芬々《あくしゅうふんぷん》たる者たちは、後始末を顧みず、そのまま窓を破って飛び出していた。外から悲鳴が聞こえる。彼らを再生したネッドの首を、問答無用に斬り落とした輩だ。進む先には必ず被害が出るだろう。追わなければ。

そも、この騒動を企てた老人は、ネッドを魔性の従僕と知って声をかけてきた。従僕と知って利用ついでに葬ろうとしたのだ。主への害意は当然あるものと考えなければならない。たとえ憎んでいようとも、従僕は主を護らなければならない。主を害する者を排除しなければならない。それが呪縛だ。抗い得ぬ血の掟だ。

呪文によって呼び覚まされた不埒者《ふらちもの》どもと同じく、ネッドも破られた窓から飛んだ。従僕の強靭な両脚は衝撃に充分に耐えた。駆け出そうとしてよろめいた。首を斬られた傷から、多量の血液を流しすぎたのだ。脈が常人より緩やかなため、勢いよく噴き出すというほどではなかったが、かなりを失った。所謂貧血という状態だ、重度の。けれど手当を受けるわけにはいかない。身の上の問題もあるし、追跡は急務だ。よろめく足取りで加害者の後を追った。

地に深々と無数の荒々しい足跡が刻まれている。不埒者どもは鎧を着ているようだ。立ち去る音のやかましさも思い出された。常人より鋭い耳に、遠ざかるやかましい足音が届く。足音と並走する破壊と悲鳴も彼を導く。消し難い悪臭も確かな道しるべだ。

導かれていくうちに、どこに向かっているかに彼は気づき、絶望の表情を浮かべた。その場所を彼は知っている。呪文の一節に含まれていたフレーズを思い出した。術に操られるまま、意識に上せず彼女の名を口にしていた。

喪った愛によく似た顔をした彼女。喪った愛と同じく「愛の理」と名乗った彼女。

狙われているのは彼女！

エリ・ウツロギ——窕城愛理だ！


その者は一にして全、全にして一。

至高にして宇宙の底深くに潜む。

そは門。

門にして鍵。鍵にして鍵の守護者。大いなるヨグ＝ソトースよ。

その許し無くして鍵は得ず。鍵無くして門はくぐれず。アザトース言祝ぐナイアルラトホテップといえども鍵の守護者の眼からは逃れ得ず。ナイアルラトホテップも、ヨグ＝ソトースの描く輪の内に踊れり。

黒き山羊たちの母、シュブ＝ニグラスも祝福し賜えり。その門を。その鍵を。鍵の守護者を。

悪臭放つ者たちに幸いあれ。彼らはその忠実なる下僕にして、愛でられし仔羊なれば。ヨグ＝ソトースの意思を顕さん。

人の先に在りし旧支配者もクルウルウも、御前には跪けかし。驕りを捨て去るべし。そは星辰の循環も出遇いも、全てを差配するものなれば。


愛理にはまだ解読できないラテン語に、対訳としてだろう、英語で一遍の詩のような、祈りのような文言が書きつけられていた。教授の筆跡だ。

アーミティッジ教授のノートには通常の意味の難解を超える難解さだ。発掘しただけで解決したような心地になっていた自分の甘さを愛理は罵った。

『死霊秘法の抜粋』とされるラテン語と対訳によってなる部分は、意味不明でありながら邪悪な讃美歌を想起させるところがあった。これは通常に知られる神話学や神秘学では解けないものではないか。おそらくとんでもない異端の信仰だ。歴史の暗部に秘め隠された危険な代物だ。学士にも至っていない身には手に余る。だからといって投げ捨てるわけにもいかない。切実に自分自身の問題だと感じられるからだ。

残る部分は、複数の事件の記録のようだった。記録自体が混乱を極めている。記録者自身の精神の狂乱を表すかのようだ。完全に正気の沙汰ではないものもある。そんな中に一件、ぽつりと一言、三つに分かれた燃える眼への言及があった。愛理は胸に手を当てた。燃える眼の痣の上。やはり繋がっている。なのに、ああ、なんで肝心のことを書き残していないの、この事件の当事者は！

事件簿には呪文の混入した記録もあった。ヨグ＝ソトースの名を唱える呪文だ。何種類かある。何種類もある。うち一つは愛理も知るものだった。初めてアーミティッジ教授の研究室を訪ねた時に耳にしたものだ。教授は「解呪のためのもの」と言っていた。それには「危険がない」と。

ということは、他は危険があるかもしれないわけだ。危険はおそらく想像を絶するものだ。一方で、求めるものは危険の中に秘められている可能性が高いとも思えた。これは愛理の推測だが、「解呪のため」の呪文は「ヨグ＝ソトースの名において」呪を解くよう命ずる類のものと感じられたのだ。

ヨグ＝ソトースの名において命ずるのではだめだ。ヨグ＝ソトースそのものを退けるものを彼女は求めていた。

呪文は彼女の知る言語ではなかった。地球上のどの地域の系統かも判らない。元はローマ字で表されるものではなく、発音を無理にローマ字に当てはめたものと思われた。アーミティッジ教授ならば、この呪文の意味を判読できるのだろうか。

アーミティッジ教授なら、一足飛びに愛理の求める答えも差し示してくれたのではないだろうか。あの老碩学の不在が今更ながらに悔しい。まさに今、という時に、彼の助力が得られないなんて。巡り合わせの悪さを呪った。

この国で覚えたスラングで、思わず罵りの声を発し、顔を上げた愛理は窓の暗さに気づいた。時計を見る。もうこんな時間。緯度の高いケンブリッジの夏至の日没は二十時半を過ぎる。ノートに集中して意識していなかったが、もう一つの違和感に彼女は気づいた。

バーサ・Lが戻っていない。

朝には一度戻ってきた。いつになくサバサバした表情で。愛理が研究室棟に向かった後は知らない。気に食わないルームメイトではあるけれども、いつにない留守は気になる。バーサは夜遊びするタイプではなかった。もしかしたらボストンの停電が関わっているのだろうか。もしかしたら、ケンブリッジとボストンの間のどこかで立ち往生しているのかも。

少し、いい気味な気がした。こんな気持ちは良くないのだけれど。アーミティッジ教授の不在は不運だけれど、バーサの不在は幸運に感じられる。ノートに目を戻した。

顔を上げる前からだが、ノートの文字を追っていると頭が眩む心地があった。疲れ目のせいかと目薬をさしたが効果は無い。文字は目を通して脳内にすべり込み、異様なイメージを形成した。異様なイメージが踊りだす。TVでもネットでも図鑑でも見たことも無いような奇形の生物たちだ。

異形のイメージは脳内で好き勝手に跳ね踊りだした。愛理が制御しようとしても、彼女の意思を無視して踊り続ける。幻覚に悪臭を放ち始める。嗅いだことも無いような鼻ももげる臭いだ。悪臭は、ヨグ＝ソトースと記された文字列にまとわりついていた。どこか遠くから悲鳴が聞こえた。何かが壊れる音も。これも幻覚か。近づいてくる。幻聴だ。消えろ。胸の痣が熱い。消えろ。消えろ。

現実の窓が割れた時、実体を得た幻覚を愛理は目の前に見た。何対もの腕を持つ鎧をまとった姿。鎧は金属ではなく何かの甲羅のようだ。まるで甲殻類だ。甲殻類の腕は、こんなに鋭利に研ぎ澄まされた刃物に似てはいない。実体を持つ幻の生物が手を伸ばした、彼女へと。噴き付けてくる悪臭に耐えかね、愛理は気を失った。

(三)

アーカムから戻ってきたジョナサン・アーミティッジは、機能を失った地下鉄の駅で途方に暮れ、しばし立ちすくんだ後、この街での住居に戻った。連絡が入るとしたらそこしかない。多分、悪い連絡だ。届けるように依頼されたものを時間までに届けられないのだから。絶望に打ちのめされ、書斎で頭を抱えて座りこんだ。

化け物め。

化け物どもめ。

化け物は化け物同士で争っていればよいというのに、なぜ、よりによってキンシーと、ルーシー……。

初めて会った、抱きしめた孫娘、あんな形で会うことになろうとは。太陽に愛された肌色の、伸びやかで健康的な身体は、少しひんやりとしていた。鼓動はひどくゆっくりと感じられた。首筋に傷痕がある。何かに噛まれたような。頸動脈の真上のあたり。老人の耳許で、ふっくりとした唇がせがんだ。「お祖父ちゃん、お願い」ご主人様の言うことをきいて。

指示に従えば、これ以上悪くなることはない、と、化け物は言った。「元に戻すことはわたくしにもできないんだけれど」艶然と笑った。化け物に人の心などないのだ。キンシーは血を奪われた娘よりも蒼白な顔をしていた。この父を持ったために娘に害が及んだのだ。恨んでいるだろう。

ミスカトニック大学で電話越しに耳にした愛弟子の切羽詰まった声も、老碩学の記憶から遠かった。身内からくるはずの絶望の報せのみを待っていた。

部屋が翳った。日が暮れたのだと気づくまで、随分かかった。戻ってから明かりも点けずに座りこんでいたのだ。照明を点けようと腰を上げかけた時、チャイムが鳴った。

応対に出た扉の向こうで化け物はサングラスを外し、ムスリムのヒジャブを真似て巻き付けた布も引き下ろした。艶然と微笑んだ。

「あなたが不自由していると思って、こちらから来てあげたの」

「そろそろね」と、バーサが言った。公園《コモン》のベンチの上だ。顔は上を向いている。曇天の空は灰色から、さらに濃い暗い色に染まりつつある。雲の上からゴロゴロと唸る音が響いた。雨の予報は無いが、雷の精でも身構えているのかもしれない。

「そろそろだな」ライトウェイ老人も応えて立った。まだ真の闇ではないから戸外までは出ていないかもしれないが、屋内にはあれが這い出しているだろう。あと少し経てば、ビーコンストリートをここまで駆けてくるはずだ。恐ろしい勢いで。「怖いか」と、孫に問えば、「お祖父ちゃんのそばだから大丈夫」などと健気なことを言う。

「離れるなよ」今夜のステージとなる円形の野外音楽堂に向かって歩きだした。「うん」返事も良く、孫もすぐ傍に着いてくる。一足ごとに空は暗くなった。一足ごとに、近づいてくる気配を感じた。今夜、街灯も、家々の窓も明かりを灯さない。灯さないよう手配をしたのだ。闇が、ビーコンストリートを川として海に向かって、否、この公園に向かって怒涛をなして流れくる闇の濁流が、老人には見えた。鼻も曲がらんばかりの悪臭が押し寄せてくる。

「来た！」老人が叫んだ。

「来た！」バーサも叫んだ。二人は走った。野外音楽堂の丸い屋根を目指して。円形に並び立つ柱を目指して。

と、バーサが老人に体当たりした。転げた痩せた身体からジュラルミンケースを奪い取った。「何をする！」驚き咎める間にも、跳ねるようにバーサは老人から身を離し走りだした。叫びながら。

「来た！　いらした！　ご主人様《マスター》！　ここです！　これです！　手に入れました！　迎えに来て！　あたしを！」応えるごとく、一片《ひとひら》の空の闇が舞い降りた。舞い上がった。巨大な蝙蝠の姿をした影が。

蝙蝠の去った後にはバーサの姿も無い。暗黒の至宝を収めたジュラルミンケースも。

「あれが……」呆然と、憤怒に燃え、恐怖にわななき、ライトウェイ老人は奪われたものを呼び、求め、必死で立ち上がり腕を振り回した。「トラペゾヘドロン！　あれが無いと！　制御できない！　あれさえあれば……！　あれがあるからこそ使徒どもも解き放ったのに！　ああ！　喰われてしまう、このわしが！

ヨグ＝ソトース！」天に向って呼ばわった。

「ヨグ＝ソトース！　お救いください！　ヨグ＝ソトース！　どうぞ、貴方の仔羊たるわしをお護りください！　ヨグ＝ソトース！　今まで身を粉にしてお仕えしたこの老骨を、この舞台を整えたわたくしを！　どうか、どうか憐れんで……、ヨグ＝ソトース！　ヨグ＝ソトース！」

ヨグ＝ソトース！　老人ならぬ何者かも呼応した。闇に呑まれたビーコンストリートより声を返した。

ヨグ＝ソトース！　漆黒の何者かが連呼しながらなだれ込んできた。

「灯りを……！」老人は衣服を探った。かすかな灯りでもあればあれを遠ざけることができる。スマホを思いついてポケットから引き出そうとするも間に合わず、質量を持つ闇は彼を圧し潰した。電子機器が砕ける音が響いた。闇に捕らわれた男の希望も砕けた。最期の叫びは呪わしい連呼の渦に呑み込まれた。

ヨグ＝ソトース！

ヨグ＝ソトース！

口ならぬ発声器官の発する異声はビーコンストリートからのみではない、ロングフェローブリッジを渡り、チャールズストリートを南下し公園《コモン》で合流した。こちらの声には姿がある。甲殻の鎧を着た何対もの腕を持つ者。口は首と思しき箇所にある、三つに裂けたうごめく甲殻の牙の隙間と思われたが、声も出そうに見えないそこから、やはり雄叫びが発せられている。ヨグ＝ソトース！

三体ほどが一つの人影を捧げ持っていた。淡い色のチュニックに七分丈のジーンズを穿いた若い女。癖の無い黒髪と、卵のように彫りの浅い顔立ちから東洋系と知れる。女の名を答えられる者は、もうこの公園には居なかった。ライトウェイ老人は、闇の足下に呑み込まれていた。悪臭芬々たる闇のその下に。

甲殻の鎧を着た者たちは、荒々しい姿にもかかわらず、所作にもかかわらず、捧げ持って来た女は繊細に丁重に運び受け渡し、野外音楽堂の舞台に横たえた。ぐるり円を描き並び立つ柱の中に。環状列石を模したかのような場に。自然の石舞台ならぬ人工の舞台に。

此処が定めの場所と教示されたのだ。ここで神聖なる契りが行われるのだ。約束されし御子が、約束されし胎に宿るのだ。甲殻の刃が、女の肌を傷つけぬように着衣を切り裂いた。真の闇の中では、露わにされた女の肌のクリームに似た生白さも見えはしない。

ヨグ=ソトース！

ヨグ=ソトース！

イ　ナシュ　ヨグ=ソトース

ヘ　ルゲブ　フィ　トロオグド

闇と声と悪臭が渦巻く。

光を伴わぬ雷が轟いた。円形の音楽堂の丸い屋根が砕け散った。

第八章　暗夜にぞ輝けり

（一）

蝙蝠は北へと翔んでいた。枯れた薔薇の庭でプリンツと呼ばれた大蝙蝠は。腕に新たに従僕に加えた娘と、得難い宝を収めたジュラルミンケースを抱いている。彼にとっては大した旅ではないはずだった。忠実な棺守りジャノスの待つ隠れ家への飛翔は。

重い荷だった。娘が重いのではない。娘とともに抱え上げた荷が重いのだ。落とすわけにはいかない。この荷を手に入れるために今の今まで無駄に飛び、無駄な血を吸い犠牲を出して奔走したのだから。チャールズ川はかろうじて越えた。もっと高くと翼に力を込めても下降してゆく。ああ危ない、と思った時には尖塔は目の前にあった。激突だけは避けた。

マサチューセッツ州にはプロテスタントの教会が多い。

プロテスタントの教会は、必ずしも尖塔に十字架を掲げない。この教会もそうだった。風見鶏めいて鶏ではない風変わりな飾りを付けている。十字架でないのはしがみつく手には幸いだった。ペンダントどころではない、ひどい火傷を負いかねないところだった。建築物は、慣習に倣っているならば、上から見て十字をかたどっているはずだ。プリンツは意識しないよう努めた。恐れるべきは形ではない。形が思い起こさせる過去の痛みだ。自身の弱さだ。

荷の重さに引きずられ、娘と荷ともろともに急勾配の屋根を滑り落ち、つまの部分で踏みとどまった。これ以上は飛べない。こんな所で開けるのは不本意だが。

「ラヴィニア」と腕の中の娘に呼びかけた。「ケースを開けろ」

主君の力強い腕の中で、主君の抱く恐れも知らずバーサ・ラヴィニア・ライトウェイはジュラルミンケースを開けた。鍵は掛けられていなかった。機会が訪れればすぐにも開いて使用する心づもりだったのだろう。異形の箱が姿を表す。

「それもだ。一番外のケースは要らん。その中に用がある」

言われるままに中身を取り出し、安っぽいジュラルミンケースは投げ捨た。はるか下方で安っぽい落下音が響いた。不均衡な形の、有機的な模様におおわれた箱の蓋に手をかけた。

「目を閉じろ」主君が命じる。「そなたは見てはならん。そんな気がする」

「仰せのままに」従順にラヴィニアは蓋を開けた。歪む主君の表情も見なかった。

輝くトラペゾヘドロン。

この石が戻りたがっているのだ、と、一目見た瞬間にプリンツは直感した。強奪された公園に戻りたがっている。そこに今宵降臨するはずのものの身体に戻りたがっている。異様な重さはそのためだ。運び手の意思に逆らっていたのだ。「おのれの思い通りにはさせぬぞ」娘に聞かれぬよう、口中でプリンツは石に言い聞かせた。

輝く、という呼び名とは裏腹に石は一見、光を放たなかった。黒地に赤い筋が入っているだけのようだが凝視するうち透明となってくる。内部に山脈状のものが見えてくる。やがてそれはめくるめく星辰へと移り変わり、次第に石の側から凝視されているような気分になってくる。

そうだ、これは眼だった、異界の神の。

荒廃した丘陵で聞かされた物語を思い起こした。ならば、「眼は眼のあるべき場所に収めねばな」箱の中で宙吊りになっているそれを鷲掴んだ。箱に繋いでいる金属製の帯を引きちぎった。焼ける痛みが指から掌から脳髄まで奔《はし》った。

「ご主人様《マスター》?」

従順に瞼を閉じたままの娘が、己を抱く腕の震えに反応して声を上げた。

「大事ない」声にも痛みを映さぬよう、平静を装った。

石は手の中で脈打つようだ。生命を持つのだ、これは。逃れ来たばかりの公園《コモン》に押し寄せた、質量を持つ暗黒と呼応している。戻りたがっている。そうはさせない。

意思持つ生きた石をプリンツは顔の右側に押し当てた。眉のすぐ下、眼窩に。

痛みはもはや掌から伝わるだけではない。顔が灼けていた。不死の眼球が灼け爛れ燃え尽きようとしていた。接面では異なる宇宙の星辰がぐるぐると渦を巻いている。何者かの視線がプリンツの脳髄を灼き尽くそうとしている。プリンツは畏れと恐れに抗った。彼は今、神の眼差しと闘っているのだった。

「負けはせぬ。負けはせぬ」

主君を案じ震える娘をもう片方の腕で抱きしめながら、口蓋を裂きそうになる咆哮をプリンツは噛み殺した。「二度と敗北を味わわぬために余は、真紅の杯を干したのだ。たとえ、異界の門たる神が余の前に立とうとも、意のままに跪きはせんぞ。両脚が折れ砕けようとも屈しはしない。断じて、断じてだ！」

粉末を詰めた小瓶と一枚の紙片を差し出して老碩学は懇願した。「一日だ、わずか一日でできることはここまでだ。この粉末を振りかければ、闇を彷徨う者どもは姿を現す。現れている間なら、あんたならばなんとかできよう。量は、少ないと思われるだろうが、一日ではこれが限界なのだ。こちらの紙には、ダンウィッチで、あれの息子をあちら側に還した呪文が記してある。私にできることはここまでだ。ダンウィッチの件にしても、六代も前の話。これがあんたの期待に応えるかどうかはわからん。あんたにしたら期待外れだろう。だが、私らは人間だ。あんたたちよりはるかに弱い生き物だ。あんたに慈悲など持ち合わせは無かろうが、しかし……」

老碩学の懇願とは別の物音を、化け物、エリ・ジョクラスは聞いていた。人より鋭い嗅覚は、微かな臭いも嗅ぎ取っていた。

「あちらには何があるの」涙ながらに跪いていた老碩学に尋ねた。涙など引き下がる冷たさ。

「その方角なら」指された先を見て、思いもかけぬ問いに、「大学の……」アーミティッジ教授は呆けた声で答えた。「寮が……」

「女子寮？」

「あ、ああ……」

黒衣の女は素早く瓶と紙片を受け取るや、夜の戸外に溶けた。

「わたくしに慈悲の持ち合わせがあるかどうか、これを使ってみての結果次第ね」慈悲のあるとは思えぬ一言に、残された老人は絶望を深くした。

臭いと物音の源にたどり着いてみれば果たして、女子寮は破壊されていた。戸も窓も、壁もズタズタだ。吐き気を催す悪臭の内に、彼女にとっては嗅ぎ慣れた血臭も混ざっている。破壊音は絶えていたが、悲鳴と苦鳴と泣き声はまだ響いていた。生き残った者が居る証拠だ。

緊急車両がようやく到着する中、ふらふらとよろめきながら何かを追おうとする男の姿があった。男は麦藁色の髪も、頬も、シャツもボトムも血にまみれさせている。この惨事の現場でなければ不審者として拘束されただろう。救助の手も回らぬ状況でなければ、善意によって取り押さえられていただろう。

エリ・ジョクラスは歩み寄った。

「何か言うことは？」静かな声音は氷の針だ。

「攫われました」主人の前で懸命にふらつきを堪え、従僕、ネッド・ブレイクは答えた。「エリ・ウツロギが、やつらに。行き先は、おそらく公園《コモン》」

コモンといえば通常は公共の場所の総称だが、この近くでは特定の土地を指す。ボストンはケンブリッジの川向うだ。

「なぜ知っている」

「それは」唱えさせられた呪文にフレーズが混ざっていたからなのだが、主人は返答を待たず、「利用されたな、そなた」お見通しと見えた。

「仕置きは後に取っておくとしよう」と、女は踵《きびす》を返しかけ、動きを止めた。「随分と弱っているようだな」

「血を……、かなり失いましたので。首を切られて……」

女がカッと靴音高く距離を詰めた。

ほつれた襟首をぐいと掴まれ、これは先の言葉は返上、すぐにも責めを受けるのだろうと目を閉じたところ、唇を柔らかいもので塞がれた。鉄を舐めた時と似た味とともに湿った生き物めいたものが割って入ってきた。瞼を開けると女主人の美貌が間近にあった。すぐさま離れていった。赤い舌がちろりと赤い唇にしまわれた。何を与えられたかを知って驚き、同時に甦る活力を、ネッドは感じた。

「そなたはゆっくりと来るがいい。仕置きは後にしよう」

今度こそ女主人は踵を返してその場を後にした。口に小瓶を咥え、渡された紙片の文字に視線をすべらせながら。

人目につかぬ場所に行ったら、と、ネッドは考えた。彼女はたちまち獣に姿を変えるだろう。エリ・ウツロギを攫った不埒者どもは行く先々で破壊を繰り返している。繰り返すというより破壊が自然な性《さが》なのだ。破壊せずにはいられないのだ。例の悪臭もある。痕跡はどこまでも明白であり、追跡は容易だ。人目など、この騒動では、あって無きがごとしだ。

破壊と悲嘆の只中を疾駆する黒い獣が瞼の裏に浮かぶ。巨大な猫に似た、しなやかな。偽りの生命でありながら、命そのもののような躍動を見せる。

不意にネッド・ブレイクは、自分の中に憎しみ以外の感情が存在することに気づいた。女主人に対して。

それが何か、百度、己に問い返して、哀しみではないか、と結論づけそうになり、踏みとどまった。

（二）

その夜、ケンブリッジからボストン北部にかけて広範囲に襲った大規模破壊は、一夜明けた直後からテロと噂され、一日後にはテロと断定された。これがテロでなければ何だというのか。自然の為せる業では断じてない。破壊痕は人為的な仕業であると傷痕自らが訴えており、破壊者の姿も目撃されている。

ただ、証言者たちが「破壊者は人間ではなかった」と、一様に口にする部分だけが異様だった。

「あんな人間がいるものか！」九死に一生を得て、傷を縫い合わされ総合病院から精神病院に移送されたラルフ・ボードウィンは訴え続けた。「腕の数からして違うんだ！　間接の数も違う！　もっと多い！　全身、甲羅の鎧みたいなもんを着てやがって、こいつが銃弾も撥ね返すし、映画で見たKATANAみたいにスパスパ何でも斬りやがるんだ！　人間だけじゃない！　生き物だけじゃない、柱も壁も、車も紙みたいに切り裂きやがった！」そんな生物の存在は地球上には確認されていない。そんな形状と機能の装甲も、だ。

ラルフ・ボードウィンと同様の証言をする生存者はケンブリッジに多かった。ケンブリッジは闇に包まれなかったからだ。

チャールズ川に隔てられたケンブリッジとボストンを繋ぐロングフェローブリッジを当夜通行していた者たちに、神よ、憐れみを。多くが車ごと切り刻まれ血と脳漿《のうしょう》と臓物《ぞうもつ》をぶちまけることとなった。昼過ぎからのボストンの停電で発生した混乱に対処するために警察も出動していた。彼らは職に殉じた。誇り高き警察官たちに哀悼と惜しみなき賛辞を。称えよ。彼らは勇敢にテロリストたちと戦ったのだ。襲撃者たちの身元が、正体が、未だに不明であるとはいえ。

テロリストの母体と目的は、未だ明らかにされていない。テロの手法も、銃器を用いていないという一事以外は不明点が多い。破壊の行われたと推測される時刻、一帯は異様な悪臭に包まれた。何らかの幻覚作用をともなう化学兵器が噴霧されたのではないかと疑われたが、該当の物質は特定されていない。死に至った被害者たちは、あるいは斬られ、あるいは裂かれ、あるいは何らかの激しい精神的ショックによって息絶えていた。遺体から有毒物質は発見されていない。

破壊は、ケンブリッジの大学を起点とし、大学寮を襲い、チャールズ川に掛けられたロングフェローブリッジを渡り、チャールズストリートを南下し、公園《コモン》で収束している。なぜか、すぐ近くにある州会議堂は襲われなかった。

同時刻、チェスナットヒルの住宅地から公園《コモン》に通じるビーコンストリート周辺の住民たちは、極度の恐怖に襲われたと訴えている。停電の闇の中に居た彼らは、心細い懐中電灯の光を頼りに一夜を過ごしたのだが、住居の目の前を人ならぬおぞましいものたちが、おぞましい名を唱えながら通り過ぎて行ったと証言した。手にした灯りが消えれば恐怖の主に捕らわれ喰われるのではないか、との強迫観念により、彼らは非常な怯えのもと、懐中電灯にしがみついていた。

ビーコンストリートでは、ロングフェローブリッジやチャールズストリートで見られたような破壊行為は見られなかったが、やむにやまれぬ理由で外出した者たちが何名か、行方不明になっていた。夜明けの路上に、衣服を着た白骨が何体も転がっていた、と証言する者もいる。専門家たちは、彼らは停電の恐怖による集団パニックに陥ったのではないか、との見解を示している。

行方不明といえば、チェスナットヒルに居住していたオリバー・ライトウェイと名乗る老人も、当夜以降、姿を消した。ライトウェイ老人には、殺人の容疑がかけられている。彼の居住していた家の地下室から、おびただしい数の白骨死体が発見されたからだ。

遺体のほとんどは着衣であり、どのような方法で殺害したものか、血痕は見られなかった。衣類の種類は様々で、女と見られるスカート姿や、これは営業で訪れたものか、スーツ姿や、骨格的には大柄な男性なのだが、虹色のドレスを着たものもあった。

ボストンの大停電と、ケンブリッジからボストンにかけて行われた破壊工作のタイミングの一致から、停電そのものがテロの一環であったのではないかと疑われている。行方をくらました殺人鬼、オリバー・ライトウェイも、テロリストの一味ではないかとの嫌疑をかけられている。

共犯か、あるいは被害者の一人でもあったかもしれない、ライトウェイ容疑者の孫、バーサ・L・ライトウェイもこの夜から行方が知れない。バーサ・L・ライトウェイは、破壊されたケンブリッジの女子寮の一室に居住しており、該当の部屋も甚だしい惨状となっていた。同室者も行方不明だ。二人して被害に遭ったのではないかと、捜索が続けられている。

ロングフェローブリッジでの生存者は少なく、全員が同様の幻覚を見たと推察される。先のラルフ・ボードウィンの例と同じく、この世にあり得ない怪物を語ると同時に、何人かは、怪物の隙間を縫って駆ける黒い獣の姿を目撃したと証言した。

獣は、この大陸には野性では棲息していないはずの巨大な猫科の肉食獣で、何か瓶のようなものを口に咥えていた。怪物とは敵対関係のようであり、怪物は、獣を見るや、鋭利な腕を振るって傷つけよう、あるいは殺害しようと試みていたようだが、獣はそのたびに俊敏に躱《かわ》し、攻撃者を相手にはせず、ひたすらにボストンを覆う闇に向かって疾走っていったという。飛び込んでいったという。そこに何か大切なものがあると思わせる一途さで。恐ろしいばかりの速さで。

（三）

【護衛《クストデス》】を、エリ・ジョクラスは相手にしなかった。彼女の力を以てしても破壊の困難な存在であり、時は急を要したからだ。エリ・ウツロギを攫った【護衛《クストデス》】の残党が路上に見られるということは、襲撃のタイミングが間一髪であったことを物語っている。間一髪で護るべき彼女のエリを奪われたのだ。

ボストンを覆う闇を彼女は恐れなかった。真の闇など、かつて幽閉された城で常に傍に在るものだった。昼も夜も、彼女の体内時計が知らさぬかぎり見分けもつかない深い闇。その中に何が存在し、何が不在かを、彼女の眼は見透すことができた。

【護衛《クストデス》】のまとう悪臭は、鋭敏な嗅覚に苦痛だった。だが、これも追跡の目印なのだ。悪臭の最も強く渦巻く場所、闇の最も濃くわだかまる場所に彼女のエリが囚われている。早く追いつかなければ。手遅れになる前に。清らかなエリの身体に印された唯一の穢れ、炎の眼の痣がやっとエリを結びつけてしまう前に。

【護衛《クストデス》】の群れに混じって、視覚できぬ存在が場を満たし始めた。闇を彷徨うものたち。同じ闇に潜んで、けして相容れない者たち。闇の中で、異界の神の名を唱えるこの世のものならぬ声が一つになり高まった。ああ、やかましい、黙らせたい。彼女は不機嫌に猫科の耳を後ろに倒した。

彼女は今、牙を使えない。瓶を咥えているからだ。爪は闇を彷徨うものたちには通じない。彼らは半ば以上、この世界のものではないからだ。そのくせ、この世界を傷つけることができる。エリ・ジョクラスを傷つけることができる。質量を持つ闇をかき分けて行くごとに、エリ・ジョクラスの身体は傷ついていった。身を喰いちぎられる痛みがあった。不死の再生力が無ければとうに骨だけになっている。怒りが膨れ上がっていった。こいつらをバラバラに引き裂いてやりたい。

まだだ。彼女のエリを見つけ出すまでは、堪えなければならない。決め手となるかもしれない預けられた粉末の量はわずかなのだから。

闇は、公園の野外音楽堂を中心として渦巻いていた。

なるほど、と、エリ・ジョクラスは得心した。

儀式には舞台が求められるということか。ボストンには環状列石は無い。石舞台も。人工の柱と舞台がその代わりとなるのか。今宵の演目は、異界の闇とこの世界の地球の闇の申し子との闘争だ。

光をともなわぬ雷鳴が、一帯を震撼とさせた。おぞましい名を唱える声が高まる。野外音楽堂の丸屋根は砕け散っていた。エリ・ジョクラスは渾身の力で跳躍し、舞台の下に立った。人型に戻り、咥えていた瓶の蓋を取るや中身を一面に振り撒いた。わだかまる闇としか見えなかったものたちが姿を現した。

ねじれ歪んだ奇怪なものたち。この世界にはあり得ぬ姿。それは色々の色の無秩序に入り混じった無数のロープ状のものを撚り合わせた形をしており、無数のロープ状のものを周囲に振り回していた。撚り合わされたロープ状の身体の中央、人に喩えれば腹部にあたる箇所に発声機関と思しきものがあった。パクパクと開いては閉じ、ヨグ＝ソトースと唱えていた。その口を、エリ・ジョクラスの織手が引き裂いた。一体だけでなく、周辺の数体を巻き込み一気に。びりりと、織手にあり得ぬ怪力で。

奇怪な口が奇怪な叫びをあげた。それは、彼らにとっての悲鳴なのかもしれない。

詠唱が乱れた。破れた天井代わりに下りつつあった雲の唸りが乱れた。儀式は崩壊しつつある。

邪魔者を排除せんと【護衛《クストデス》】が襲いかかってきた。エリ・ジョクラスは獣に変じ鋭い腕をかいくぐった。舞台の上に躍り上がり、横たえられていた裸身に覆いかぶさり咆えた。女の姿に戻り叫んだ。老碩学より渡された紙片に綴られていた言葉を。

ウュフ　ウュフ

アアアアング　アアアアアング

アアアヤヤヤ――アアアヤハヤ

ヤ、ヤ、エエ

ウルドクルグン――エイフヘ

クントゥプイ

ヨグ＝ソトース

女が叫ぶ間にも【護衛《クストデス》】は甲殻の刃を振るった。女の肌を裂き、柔らかな肉に切っ先を埋めた。エリ・ジョクラスは躱さなかった。彼女のエリに覆いかぶさったまま詠唱を続けた。

アグンクトゥルフトゥ

イイナグイ

イイナグイ

ウュフ　ウュフ

気を失ったクリーム色の裸身に、傷ついた女の血潮が滴り落ちた。左乳房の上に。炎の眼を写した痣を朱に染め変えた。痣が、血が煙を上げた。裸身が身動ぎをした。【護衛《クストデス》】の甲殻の切っ先がエリ・ジョクラスの胸を貫いた。紅い唇を内から押し分け、なお朱い塊が吐き出された。覆いかぶさった娘の顔に落ちた。娘の顔を、花弁の唇を朱に塗りつぶした。薄く開いた唇の内へと伝い、真珠の歯までを赤く濡らした。朱色に塗られた顔の中で、ぱちり、黒玉を宿した瞼が開いた。

若い唇が開いた。血の糸を引きながら。

声を発した。

オグトロド　アイ・フ

ゲブ・ル――エエ・ヘ

ヨグ＝ソトース

ズロー

・ンガーン，グ　アイ・イ

数週間を遡る、ある日の午前。ケンブリッジの大学の研究室で老教授の口から発せられた言葉。

同席していた彼女は、窕城愛理は憶えていたのだ。

解呪の言葉。

この世界に属さぬ者を去らせるための。

詠唱の最後の一音が発せられると同時に、全ての【護衛《クストデス》】が崩れた。それぞれが赤みを帯び青みを帯びた半透明の粉末となって風に散った。覆いかぶさっていた女の腕が力を無くした。突っ張っていた肘が、かくりと折れる。膝をついた脚の力も失われた。傷ついた全身が、愛理の裸身の上に崩れた。愛理は、自らの血にまみれたエリ・ジョクラスの身体に両腕を回し抱擁した。弱々しく動く紅い唇に和して詠唱した。

ウユフ　ウユフ

アアアアング　アアアアング
アアアヤヤヤ――アアアヤハヤ
ヤ・ヤ・エエ
ウルドクルグン――エイフへ
クントゥプイ
ヨグ＝ソトース
アグンクトゥルフトゥ
イイナグイ
イイナグイ

還れ、還れ、驕れる異界の門。そなたは完全ではない。そなたは全宇宙に対し何の権限も持ちはしない。思い知れ、己の欠落を。欠けたる神よ、ヨグ＝ソトースよ、そなたの座すべき異なる次元に還るがいい。そして門を閉じて永き眠りに就くのだ。

真正の雷が、閃光をともなう雷が、天井を失った舞台の上で炸裂した。白熱の雷光が一面を瞬時の白昼と変え、闇を彷徨うものどもを蒸発させた。雷の放ったイオンは空気中に充満していた悪臭も灼きはらった。地球の神も戦《いくさ》に参じたか。地球の、この世界の魔性に味方したのか。

破壊された舞台の中央で、全身朱に染まった女たちは抱き合っていた。神話の再現のように。古代神に捧げる演劇のように。

「わたくし、あなたと旅に出たかった」力無く窕城愛理の肩に頭を持たせかけ、エリ・ジョクラスは囁いた。もう囁き声しか出ない。「あなたと……、永遠の夜を旅したかった」

「ええ、行きましょう、一緒に」エリを強く抱きしめて愛理。

「無理よ」と、かすれた声でエリ。「心臓に穴が空いてしまった。この傷は癒えない」言葉の通り、エリ・ジョクラスの心臓部は背中から胸にかけて貫かれていた。躱しきれなかった、躱すわけにはいかなかった【護衛《クストデス》】の一撃の痕だ。

「わたくしはここまでです。これ以上、どこにも行けない」力無く告げたエリに、「いいえ」打ち消した愛理の声は、虚しい励ましではなかった。

「私とあなたは旅に出るの。あなたが私になって、私があなたになって、一つに溶けて、永遠の旅に出るの――」

うなだれた頭のブルネットの髪に指を差し入れ引き起こし、支え、未だ血の泡を吹き続ける、紅の上に朱を塗った唇に口づけた。永く短い口づけだった。「これが私の愛の理《ことわり》」

突如自由になったことに、ネッド・ブレイクは気がついた。人の聴覚は嗅覚は視覚は、こんなに鈍かったろうか。身体はこんなに重かったろうか。風景はこんなに、心に直に響くものだったろうか。斬られほつれ開いた襟の隙間に手を差し入れれば、有ったはずの傷痕が無い。消えるはずの無い牙の痕が。

ロングフェローブリッジを渡りきって、チャールズストリートに入った頃だった。獣に変化できない従僕の歩みは鈍《のろ》かった。それでも公園《コモン》まではあと少し。

先程激しい稲光が奔った後、天気の神は機嫌を変えたのか、雲は徐々に切れ始めた。心細い月明かりと星灯りが停電の街を淡く照らした。

女主人の滅びを感じ取り、もはや何にも縛られていないにもかかわらず、使命めいた想いに駆られてネッドは重い足を運んだ。公園の芝生はあちらこちら焼け焦げて、何か多くのものがいたる所で燃え尽きた痕跡を思わせた。悪臭は薄い。どうやら危険は去ったようだ。一方で、どこかから血臭が漂ってくる。

束縛が消え去る直前までの導きに従い、野外音楽堂に向かった。近づくほどに血臭は濃くなる。砕かれ飛び散った屋根や柱の破片を目にするごとに、驚きはしなかったが、胸の痛みを覚えた。

円を描いて並び立つ柱の中に人影を見とめて、息を呑み、瞬時足を止め、駆け寄った。ふくらはぎの痛みを堪えながら。

眼の前にした人影は、裸身の頭から足までを朱に染めた、古代の神事を執り行う巫女を思わせる娘だった。彫りの浅い面立ちに、巴旦杏の瞼に宿る黒瞳に、彼女が誰かをネッドは見てとった。

「マダムは」と、問いかけた。答えの知れた問いを。「逝ったのですか《ゴーン》」

「彼女はここに」娘は、窕城愛理は、自分の胸に掌を当てた。「あなたを待っていたの。一つ尋ねようと思って」

呼吸も忘れた心地で、ネッドは、巫女を思わせる愛理の託宣を待った。

「強制はしません」と、躊躇いを含んだ声で愛理は告げた。「でも、これからの私には協力してくれる人が必要になる。私の真昼の眠りを護るために。お願いできるかしら」

ネッドはこの地の遠い過去を思った。潮の匂い、黒い髪と巴旦杏の目、柔らかい肌。あの頃、彼は生きていた。この地を意図せず離れてからは生きていないも同然だった。事実、生きているとは言えなかった。死ぬこともできなかった。呪われ、縛られ、愛するものも何ものも守れなかった。帰ってきた。またこの街に帰ってきた。人としての生も返ってきた。今、彼は生きている。眼の前には巴旦杏の目の娘がいる。

「強制はしません」憂いを帯びた声が繰り返した。「あなたが拒絶するなら、他を探します」

ネッドは娘に歩み寄り、ほつれ汚れたシャツの襟をくつろぎ広げて跪いた。待った。

唇は降ってきた。雨の最初の一粒よりも優しく。

（終）

五月の天変地異に端を発した騒動は、被害の軽微だった大西洋《アトランティックオーシャン》側から鎮まっていった。暴動もあった。テロもあった。自然災害の爪痕深い太平洋《パシフィックオーシャン》側の復興の目途は未だ立ってはいない。どの州でも政府は無能を責められ、警備は厳重になり生活は息苦しくなった。

そんな状況だというのにホワイトハウスは太平洋に新たに浮上したと噂の陸地に興味津々だ。大陸レベルの広さだとの噂だ。人跡未踏の正真正銘の新大陸だ。まだどの国のものでもない。調査団を派遣する計画が浮上してきている。繁栄していた沿岸部から首都に至るまで甚大な被害を受けた中国はさておき、ロシアが見過ごしてはおかないだろう、と。大地や海の揺れが鎮まっても、世界情勢はなおも大きく揺れそうな気配を漂わせていた。

それでも個人個人のレベルでは日常は取り戻されつつあった。

ケンブリッジのある大学では老教授が引退を表明した。ボストンのある病院では、医師の一人が辞表を出した。彼らはアーカムの同じ家に引っ越すのだと、彼らの身近な人のみが知らされた。医師の娘もともなって新生活を始めるのだと。

　ボストンの病院の検査部を悩ませていた、奇妙な症状の患者たちは、テロの日の直後から回復した。エーコンストリートの住民のみに許されている路上の駐車スペースから、リンカーンのリムジンはいつの間にか消えていた。エーコンストリートの住民たちは、テロの翌朝、長い夢から覚めた心地で、思いもかけぬ場所に転がっている自分を見つけた。貧血気味の重い身体を起こした。彼らの貧血はやがては快癒したが、めいめいが自身の家に戻ったが、うち一家族は、地下室の壁に開けられた大穴を発見し、全滅した庭の薔薇を目の当たりにして大いに頭を抱え嘆いた。

　人々の悲喜こもごもを押し流し十月、ボストンの駅に久しぶりの旅客列車《アムトラック》が到着した。ようやく秩序を回復したＮＹ《ニューヨーク》からの列車だった。ＮＹ《ニューヨーク》行きの列車だった。もちろん途中の駅で降りてもかまわない。東海岸は長いのだから。途上にも旅情はいくらでも転がっているのだから。

　古風なサウスステーションの構内を、一人の男が長い脚をゆったりと運び歩いていた。日焼けした肌と彫りの深い整った顔立ちは人種不明。長い黒髪を棒状の髪飾りでまとめた様は、いかにも一癖ありそうな印象だ。メタルにでもかぶれているのだろうか、ジャケットの背には稲妻の突き刺さった髑髏と過激なフレーズが踊っている。

「やあ、ここにいたのかい」男は立ち止まると、止めた脚を軸にくるりと身を翻し、気取った仕草で手を上げた。視線の先には、これも風変わりな三人組が居た。襟をきつく詰めた古い巨木のような男と、アメリカらしく胸の防備の甘い飴色の髪の娘。首には派手なスカーフを小洒落たふうに巻いて結んでいる。それから顔の右半分のケロイドも痛々しい隻眼の男。列車を待っているのだろう。ベンチに座っている。

「なんだか、この前会った時よりお洒落になったね」親しげに歩み寄ったメタルのジャケットの男に、

「きさまは相変わらずだな、ナイアルラトホテップ」隻眼の男は返した。

「あんまりその名を口にしないで」ナイアルラトホテップは照れくさそうに人差し指を立てて振った。

「いつぶりだっけ」

「ダンウィッチ以来だ」

ダンウィッチでは男は一人だった。ダンウィッチでは隻眼ではなかった。顔にケロイドも無かった。何より、確かにダンウィッチの時より男の身なりは今風に整っている。蓬髪には櫛が入り切り揃えられ、口髭も形良く整えられている。服装も季節外れではない、見た目の歳相応のカジュアルなシャツとボトムとジャケットだ。色合いもシックで好ましい。

「彼女の見立て？」と、ナイアルラトホテップが指を揃えた手で飴色の髪の娘を示すと、「そうだ。若者の意見も聞くものだな。改めて生き返った心地だ」皮肉ではない笑みを口髭の下に浮かべた。

「それはそうと」今度は皮肉に笑みの色を変え、男は、「フランスの寓話で火中の栗を拾うというのがあるそうだな。此の度はまさしく、その役回りを演じさせられた気分だぞ」

「私にはできない仕事だ」ナイアルラトホテップはしらばっくれた。「そして君にはできた。そうだろ。今、この時間、この場所に居るということが何よりの証拠だ」

「まったく」口の減らない神を相手に男は堪らぬという風情に苦笑した。

「で、例のモノは」ナイアルラトホテップが興味深げに問えば、「見たいか」右目の眼帯に手をかけた。

「おっと、露わにしないでくれ」珍しく混沌の神が慌てたふうを見せて止めた。「ちゃんと管理されているなら、それでいいんだ。君のことは信じているよ」

「信用ならんやつに信じられてもな」苦笑を深めつつも、男は眼帯から手を離した。

「これからどうするつもり？」問われ、「せっかくだからな」と、腰を上げた。

「昼を旅しようと思っておる。重荷からも解放された上、陽の光は久しぶりだ。しばらくは昼を味わう。行くぞ、ジャノス、ラヴィニア」

乗り込む予定の列車の準備が整ったのだろう。男はちぐはぐな連れを引き連れ、歩み出した。ジャノスとラヴィニアの足下には少しだけ薄い影が落ちている。気をつけて見なければわからない程度に他の人々より薄い。隻眼の男の足下の床は、照明を照り返して白かった。

「良い旅を、公《プリンツ》」

背後からかけられた声に振り向きもせず、手のみで隻眼の男は応じた。

望郷

俺たちは夜明けも日没も知らなかった。周囲は火成岩の壁であり、足下も頭上もそれらしく見えた。心細い懐中電灯の灯りに照らし出され確認できた限りでは。

ここは地下だ。

どれほど深く潜っているかは知らない。ここに至るまで、随分と階段を下らされたことは覚えている。途中、踊り場でキャンプを張ったほどだ。あの頃は前途に希望を抱いていた。

カダスと呼ばれていた土地の、深くの出口をくぐり、もう何日になるのか。時間の経過は、皮肉なことに頼みの懐中電灯の寿命によって計られた。俺を含めて十数名いるカダス脱出隊は、皆それぞれに一つ以上の懐中電灯を携行していた。が、予備のバッテリーなど無いこの地下道で、それらは次々とただのプラスチックと金属の塊と化した。その数を一つにつき一日と数えた。

既に七つが切れていた。

食糧をパンパンに詰めてきたリュックも、日々スカスカになってゆく。軽くなってゆく。一方で疲れた脚こそパンパンに腫れて重くなる。

この脱出行は無謀ではなかったか、と、俺のみならず一行の多くが考えていることだろう。どうしてあの安閑としたカダスに不満を抱いたりしたのだろう。

いや、どうして、と考えるならばカダスよりももっと前だ。どうして海と大陸を越え、極東の、JAPANの、片田舎の大学に入ろうなどと思ってしまったのだろう。もういい大人だというのに。

故郷を出立する朝まで父と喧嘩した。母は泣いていた。「ジョン、あなたは頭がどうにかしてしまったのよ」

実際、今となってはあの時は頭がいかれていたとしか思えない。

苦労して就いた国防軍尉官の座を辞してまで、はるかな極東の島国で、いったい何を学びたかったというのか。

カダスで目覚める前の記憶にはブランクがある。大学の寮で大きな揺れを感じたまでは覚えているが、その後、どうしていたのかが思い出せない。

目覚めた時には身体が異様に疲弊してしばらくベッドから動けなかった。ベッドは大学附属病院のものだった。寮の自室ではなかった。同じような連中が周囲でうめいていた。そのまま亡くなった者もいたらしい。

記憶の空白直前の地震で太平洋岸は東西問わず壊滅的な被害を受けたという。ニャル……ナイアル？なんとかいう男の弁では。ＪＡＰＡＮも、その災禍に巻き込まれ、列島ごと沈んでしまったという。信じ難いことだ。

そして更に信じ難いことに、俺の在籍していた大学のみは沈まず空を飛んだという。

太平洋に浮上したルルイエとかいう大陸で、ク……なんとかいう化け物と一戦をかまして南極大陸の未踏の中央、カダスまで飛んできたのだという。

おとぎ話のようだ。

いい大人が鵜呑みにしてよいものではない。

だが、実際、大学の建物は広大なキャンパスごとカダスの宮殿めいた建物の脇に、座礁していた。座礁というのは、その姿が巨大な船に似て見えたからだ。

アメノトリフネと、あの男は呼んでいた。

ニャルだかナイアルだかいう名の男だ。

「アメノトリフネはひとまずの役割を果たし終えたからね。まあ、君たちが生活するためには、もうしばらくあった方がいいかと、ここまで持って来たんだよ」

うさんくさい、一言も信用ならない風情で、ヤツはそう告げた。

信用ならない男だったが、カダスでの情報は全てあいつが牛耳っていた。

ああ、そうだ！　カダスでの生活に厭気がさしたのは、何もかもがあの男の言いなりだったからだ。あの男の掌の上で踊らされていると考えると猛烈に腹が立った。あいつが「カダスから出るな」と言ったから、カダスから出たくなったのだ。

それに、俺の故郷は大西洋側だ。ＪＡＰＡＮが沈没しようが他の太平洋沿岸が壊滅的被害を受けていようが、故郷は健在なはずだった。帰りたかった。両親に会って謝りたかった。ＪＡＰＡＮ沈没の報せを受けて二人はどれほど胸を痛めただろう。早く無事をしらせたい。

この無事に、というのが問題だった。

大問題だ。

現時点では無事といえよう。だが、この先この地下洞穴を無事に脱け出せるのか。

南大西洋と北大西洋を越えて無事に帰りつけるものなのか。

洞穴は、ここを使えと勧められたからにはどこかで地上に繋がっているだろう。ああ、神様、それまで灯りがもちますように。外で人と出会えるまで、食糧がもちますように。俺の心身が持ちこたえますように。

カダスが本当に南極にあったとして（地下は全く寒くないので実感が湧かないのだが）、おそらくそれは南到達不能極付近ではないか、と思われた。だとすれば、最も近い、人のいる場所、基地は南極点にある。

ＵＳＡのものだ。

ＵＳＡとは国交がある。頼み込めば帰国の目処も立つのではないだろうか。

ただ、懸念としては、あの震災でＵＳＡも相当な打撃を受けているだろうこと。それゆえに遭難者を救難する余裕を失っているかもしれないこと。

そもそもこの地下通路がどちらを向いて走っているのかが判らない。沿岸に向かって走っているのなら、どの基地とも絶望的に距離が遠い。

初めて南極点に到達した隊は、一ヶ月半以上、犬橇を走らせたという。俺たちには犬橇は無い。犬に比べて人の足は遅い。

それは、氷点下の雪原で休憩すらままならなかった二十世紀の探検家たちよりは恵まれた点は多々ある。

気温はほぼ一定に保たれ、じっとしている分には快適だった。汗が凍る心配も無い。多少の勾配こそあれ広大な南極横断山脈を登るに比べれば、ずっと平地を歩いているも同然だ。酸素もある。立ちふさがる氷河にもクレバスの罠にも遭遇していない。それでも、誰かの手にした灯りがふつりと消えるたびに焦りと恐怖が迫ってくるのだ。どうしようもなく恐れに圧し潰されそうになる。

何より厭なのが、時折聞こえてくる声だ。

テケリ・リ、テケリ・リと鳴いている。

最初は遠かった。

何かの聞き違いか気のせいかと思えた。

近頃は、だんだん近づいてくるように感じられる。

出立前、あの男が声真似をし、「これが聞こえたらとにかく逃げたまえ」と言った。

あれが聞こえる前までは、灯りが消えた後しばらくは休息時間として、脚を伸ばして壁にもたれかかり、つかの間の眠りを貪ったものだ。

その平穏が失われた。

テケリ・リ、テケリ・リ。

聞こえるたびに慌てて足を速める。声が微かになり消えるまで急ぎ足で逃れる。

眠るとあの声が耳もとで聞こえる夢で飛び起きる。俺だけじゃない。あちこちでうなされている仲間の声があがる。気配が動く。

急かされたように新たな灯りが点けられ、一人、選ばれた灯りを持った者が先頭に立ち、みなを引き連れ歩き始める。脚は重くなる一方だ。本当は走りたいのだ。全速力で走って逃げたい、あの声から。

疲労がそれを許さない。

あれは幻聴かもしれない。

俺たち全員が幻聴に悩まされているのかもしれない。

俺たちは正気を失いつつあるのかもしれない。そもそも、何日も何日も、まともに光を浴びずに生きていけるようには人間はできていない。

北欧には夜の終わらない季節があるというが、それでも家屋の中は光にあふれているだろう。温かな灯りに。

ここには心細いちっぽけな照明しか無い。

全身に浴びる光を、天然であれ人工であれ欲していた。

やはり無謀だったのだ。あの男がどれほど気に食わなくても、カダスに留まるべきだった。あんなに引き止められたじゃないか。うさんくさい、という印象だけで嫌ってしまったが、結局、あの男が正しかったのだ。みなもそう思っている。

一人、隻眼のギリシャ人のみが、未だ意気衰えず、周囲に声を掛け続けてまわる。パットと呼ばれているやつだ。

「ダイジョウブです」と、片言の英語《English》と、片言の日本語《Japanese》と、母国語で喋る。

「ダイジョウブです。みなでチジョウもどりまショウ」

旅立った当初は心強かった。

やがて鬱陶しくなってきた。

その声が、しだいに信頼できなくなってゆく。照明のバッテリーが落ちるごとに、闇が落ちるごとに神経に障ってくる。

「ダイジョウブです」

やめてくれ……。

「かならずチジョウもどれマス」

やめろ……。

「がんばりまショウ」

やめろ、うるさいだろ！

やつの声を聞き落としてしまうだろ！

聞こえないか？
やつらの迫り来る声！
ほら！　こんなに近づいているのに！
おまえには聞こえないのかっ！
テケリ・リ！
テケリ・リ！
テケリ・リ！
テケリ・リ！
テケリ・リ！
テケリ・リ！

＊

アメリカ合衆国南極プログラム
アムンゼン・スコット基地より
×××年2月18日
遭難者17名を救助。
驚くべきことに彼らは極地高原に突如として現れた。
しかも、夏とはいえ、極地ではあり得ぬ薄着であり、海岸より踏破してきたなら携えていなければならないはずの装備をほぼ所持していなかった。

持っていたのは空《から》になったリュックサックと、バッテリーの切れた懐中電灯を人数分のみ。出現地点の外にあるはずの足跡は捜索するも見当たらなかった。ただ、近くに、これまでは無かったはずの巨大なクレバスが口を開けていた。まるで彼らはクレバスから吐き出されたとでもいうように。

神よ！　あり得ない！

どのような手段で南極点にたどり着いたか不明だが、発見時には凍死寸前であり、17名中16名が正気を失っていた。高山病も発症している。彼らのたどってきた過酷な道のりを思うと、こちらの胸まで寒々と冷える。

1名、正気をとどめているらしい男は、ギリシャ国籍を名乗っている。パット・カシマティ。照会を頼む。

正気らしい、といっても、かろうじて会話が成立する程度で、ここまでの経緯を尋ねても一向に要領を得ない。

曰く、今は水没してしまった列島から飛び立ち、例の未知の大陸の浮上に立ち会い、南到達不能極にあると思しきカダスという都市を経て、我々に発見された高原まで地下を歩いてきたのだとかなんとか。

何度尋ねても同じ内容を繰り返し、本気で自分の言葉を信じているようだ。

気の毒に。よほどにつらい思いをしてきたのだろう。現実と幻覚を錯誤してしまうほどに。

基地の食糧問題もあり、長期間、彼らをここに留め置くのは難しい。どうすれば良いか、指示を仰ぐ。

パット・カシマティは、ギリシャへの帰国を希望している。できれば叶えたい。検討してもらえないだろうか。

それと、我々もこの基地を引き払いたい。我が国にとって大きな損失であることは承知している。だが、このところ、次第に恐れが身近に迫って感じられるのだ。

正気を失った17名が一様に繰り返す意味不明な言葉、テケリ・リ、テケリ・リ。

吹雪の晴れ間に、ふと基地の外から聞こえるのだ。同じ言葉が、人のものとは異なる響きで。

パットは言う。

「ワタシたち、ヤツらの巣をつっきってキてしまいマシたから」

決断を早く頼む。基地に居る我々全員の命がかかっている。早く救出に来てくれ。こうしている間にも、ああ……。

テケリ・リ！

テケリ・リ！

あとがき

前作に引き続き、ラヴクラフト作品を下敷きとした作品となります。前作『かくも親しき死よ～天鳥舟奇譚』とは、世界観を共有する姉妹編です。本作のみでもお楽しみいただけますが、前作も併せて読んでいただけば、「この世界がどうしてこう」なのか分かるようになっています。もちろん、前作を読むことを強いるものではありません。

今回主軸としたラヴクラフト作品は「闇をさまようもの」で、実は「完璧な闇を必要とする」ヨグ＝ソトースの眷属と、夜の申し子吸血鬼でトラペゾヘドロン争奪戦をしたかったのです。が、ヨグ＝ソトースというと「ダンウィッチの怪」が避けて通れないので、こちらも混ぜ混ぜしました。

巻末短編は、完全に前作の後日譚で（とはいえ必要な説明は作品中で行っているつもりです）「狂気の山脈にて」から着想を得ています。

本当はショゴスも千切っては投げ、したかったのですが、短い話なので不穏な幕引きになってしまいました。逆にラヴクラフトらしい話になったと思うのですが、個人的に、「彼」には無事帰国してほしいので、バッドエンド避けたい人におかれましては、「作者も応援してるのだから」というつもりで読んでいただければ幸いです。

それにしても、この話（本編の方）を構想したのは世界がコロナ禍で変わってしまう前で、ここに書かれているアメリカは、現在のアメリカとは色々と異なってしまいました。

　エドガー・アラン・ポーの像がボストンにあると聞いて行きたくなってツアーに参加したのですが、ツアーはまあ、融通がきかないので肝心のエドガー・アラン・ポー像には会えなかったのですが、レッドラインや、プライドパレード、自由の鐘のことを現地で知って、融通がきかないなりに得るものはあった旅でした。

　中でも、プライドパレードの日の道端での女性ヴァイオリニストによるレリゴーの演奏は、今でも耳の中できらめいています。

　アメリカ合衆国という国は、私見ですが、戦争をしていない時が無い国で、欺瞞も矛盾も山程背負っているけれども、一方で真摯に「自由」を求めている少年のような理想主義の国だなぁ、と感じたものでした。

　今現在は、世界も合衆国も政治情勢があの頃とは変わってしまって、不幸になってしまった人、これから不幸になるかもしれない人のことを考えると胸が苦しくなります。

　私の作品は、基本的にヒドイことばかりが起こる傾向を持つものですが、ヒドイことが描写されるフィクションを、心置きなく楽しんでいただくためには、現実は平穏でなければならないと考えます。

　今、現実に起こっている悲劇が、一日でも一秒でも早く終わって、世界が傷を癒やすフェイズに進むよう祈っています。

壱岐津礼

壱岐津礼（いきづらい）

京都生まれ。幽霊のみっしり満ち満ちた京都で幽霊を呼吸して育つ。猫好き。短編小説「赤鰯」（ナイトランド・クォータリー Vol.28）にてデビューし、2023年、『かくも親しき死よ～天鳥舟奇譚』（アトリエサード）で単行本デビューを果たした。

TH Literature Series

暗《あん》夜《や》にぞ輝けり

暗黒星奇譚

著　者　壱岐津礼《いきづらい》

発行日　2025年3月9日

発行人　鈴木孝

発　行　有限会社アトリエサード
東京都豊島区南大塚1-33-1 〒170-0005
TEL.03-6304-1638 FAX.03-3946-3778
http://www.a-third.com/ th@a-third.com
振替口座／00160-8-728019

発　売　株式会社書苑新社

印　刷　モリモト印刷株式会社

定　価　本体2200円＋税

ISBN 978-4-88375-544-8 C0093 ¥2200E

アトリエサードHP

AMAZON（書苑新社発売の本）

TH Literature Series（小説）

伊野隆之

「ザイオン・イン・ジ・オクトモーフ
——イシュタルの虜囚、ネルガルの罠
／〈エクリプス・フェイズ〉シェアード・ワールド」

J-14 四六判・カヴァー装・224頁・税別2300円

「おまえはタコなんだよ」。

なぜかオクトモーフ（タコ型義体）を着装して覚醒したザイオン。

知性化カラスにつつき回されながら、地獄のような金星で成り上がる!

実力派による、コミカルなポストヒューマンSF!

ケン・リュウ他

「再着装（リスリーヴ）の記憶
——〈エクリプス・フェイズ〉アンソロジー」

四六判・カヴァー装・384頁・税別2700円

血湧き肉躍る大活劇、ファースト・コンタクトの衝撃……
未来における身体性を問う最新のSFが集結!
ケン・リュウら英語圏の超人気SF作家と、さまざまなジャンルで
活躍する日本の作家たちが競演する夢のアンソロジー!

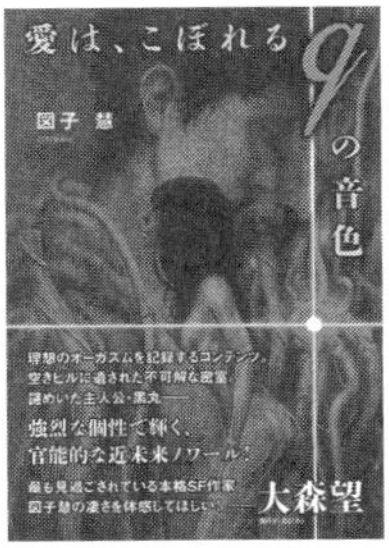

図子慧

「愛は、こぼれるqの音色」

J-06 四六判・カヴァー装・256頁・税別2200円

理想のオーガズムを記録するコンテンツ。

空きビルに遺された不可解な密室。

……官能的な近未来ノワール!

最も見過ごされている本格SF作家、
図子慧の凄さを体感してほしい!——大森望（書評家、翻訳家）

石神茉莉

「蒼い琥珀と無限の迷宮」

J-07 四六判・カヴァー装・320頁・税別2400円

美しすぎて身の毛もよだつ怪異たちの〝驚異の部屋〟へ、ようこそ—

怪異がもたらす幻想の恍惚境!

《玩具館綺譚》シリーズなどで人気の
石神茉莉ならではの魅力が凝縮された待望の作品集!
各収録作へのコメント付

詳細・通販は、アトリエサード http://www.a-third.com/